讲

说

故事

针理

王 凡 刘珺玲 编著

中国健康传媒集团

中国医药科技出版社

内 容 提 要

本书以古今 18 个针灸治疗疾病的小故事为线索，介绍了涉及的疾病及其中西医病机、针灸治疗的方法和治疗机制，后附相关的穴位和操作方法。本书将历史故事与现代研究相结合，具有说理性；将知识性与趣味性相结合，可读性强；将故事与临床相结合，具有实用性，能令读者在轻松的阅读中学到针灸所蕴含的现代科学知识，掌握一些常见疾病的自我康复方法。

图书在版编目（CIP）数据

讲故事 说针理 / 王凡，刘珺玲编著 . — 北京：中国医药科技出版社，2023.4

ISBN 978-7-5214-3839-0

Ⅰ . ①讲… Ⅱ . ①王… ②刘… Ⅲ . ①针灸疗法 Ⅳ . ① R245

中国国家版本馆 CIP 数据核字（2023）第 053483 号

美术编辑 陈君杞

版式设计 也 在

绘 图 卢浩冉

出版 **中国健康传媒集团** | 中国医药科技出版社

地址 北京市海淀区文慧园北路甲 22 号

邮编 100082

电话 发行：010-62227427 邮购：010-62236938

网址 www.cmstp.com

规格 880 × 1230mm $\frac{1}{32}$

印张 7 $\frac{1}{4}$

字数 167 千字

版次 2023 年 4 月第 1 版

印次 2023 年 4 月第 1 次印刷

印刷 北京市密东印刷有限公司

经销 全国各地新华书店

书号 ISBN 978-7-5214-3839-0

定价 39.00 元

获取新书信息、投稿、为图书纠错，请扫码联系我们。

序

　　如何做中医科普？这是近年来越来越凸显的重要问题。长期以来，人们对中医科普的认识局限在如何养生、如何运用中医的各种外治技术、如何认药服药，很少有人想到正确和准确地解释中医也是科普的一项重要内容。一段时间里，我看见满屏充斥着中医理论，比如"疏通经络""调整阴阳"等专业名词，不禁思考：如何做到让众多具有现代科学知识背景的人更容易理解中医、正确地认识中医？

　　王凡医生是我的老朋友，他是第一届中国针灸学会科普工作委员会的委员，而我忝居主任委员。在一次科普工作委员会的会议上，他跟我讲了要写一本"讲针灸故事，说针灸道理"的书。从那时起，我就一直盼望着能见到这本书。时间过得很快，大家都在忙临床、忙教学、忙科研、忙写论文，而科普，就只能见缝插针地去做。前几天，王医生给我发来消息，说这本书终于完成了，邀我为之作序。我便急切地要来书稿先睹为快。

初览此书，果然感觉与众不同。本书最大的一个特点就是以故事为引子导出其中蕴含的科学道理。以第一个故事"摘扁桃不用麻药，针麻术震惊世界"为例，先是讲了我国第一例针刺麻醉手术的故事，随后引出了后来在我国针刺麻醉、针刺镇痛领域颇有建树的中国科学院院士韩济生的故事，再后来解释了针刺为什么会产生镇痛的作用，把韩院士的研究成果用通俗的语言描述了出来；尤其是本篇章的最后还向大家介绍了几个随手可用的止痛穴位，并告诉了大家操作方法。关于针刺麻醉王医生讲了两个故事，他娓娓道来，由浅入深、由深出浅，有理论也有实际应用，故事讲得生动，理论讲得不枯燥，最后还能让读者学几个镇痛小妙招。看得出，他在构思本书的内容框架上花费了很多心思，使这本书不仅有故事情节，还有学术理论，更有实际应用的价值。

王医生遴选了古今中外的18个故事作为18个篇章，每个篇章都是由故事、针理、处方操作应用三部分组成，有的篇章还加上了相关人物介绍。对于针理的解释有基于中医理论的，有基于现代生理病理知识的，但以后者居多，所以作者需要花费大量的精力去查找相应的现代科学研究成果，以便令人信服地展现针灸的科学道理。在用现代科技语言阐释针灸道理方面，王医生做了有意义的尝试。值得一提的还有本书的另一位作者刘珺玲，她是从事现代医学临床工作的，即我们平时所说的西医医生。她以极大的热情投入到本书的编写中，使本书在中医、西医理论的结合上不牵强、不拧巴，自然协调。总之，本书具有内容丰满、针理透彻、应用实际的特点，因而能令读者在轻松的阅读中学到针灸所蕴含的现代科学知识，掌握一些疾病的自我康复方法。这种亦谐亦庄的写作方式，称得上是"曲径通幽""柳暗花明"。

国务院日前印发的《全民科学素质行动规划纲要（2021—2035年）》中提出，到2025年，我国公民具备科学素质的比例要超过15%，到2035年要达到25%。中医药文化素养是我国公民科学素质的重要组成部分，也与广大民众如何更准确地理解生命、更正确地对待疾病、更好地提高自我保健意识，进而改善生活质量密切相关。我们中医针灸医生、教学与科研工作者是中医针灸科普供给侧的主要行动者，有责任、有义务为民众提供更多、更好、更优秀的科普作品，为促进我国民众科学素质水平的全面提升做出贡献。

期待着《讲故事　说针理》一书的出版，为中医针灸科普园地增添光彩。

刘炜宏

中国针灸学会科普工作委员会名誉主任委员

《中国针灸》杂志原主编

中国针灸学会副秘书长

2023年2月

前 言

　　通过针灸治疗疾病是我国传统医学重要的治疗手段，其起源甚至要早于草药。古人在漫长的与疾病抗争的过程中，不仅发明了针刺工具"九针"，还发现了针刺治病的途径——经络与腧穴，并逐渐形成了完整的传统针灸理论与操作技术，形成了独具特色的针灸医学，这是我国先人对世界医学做出的巨大贡献。

　　我早就想写一本介绍针灸疗法的科普读物，这想法从 2010 年参加中国针灸学会科普工作委员会开始就有了，然而从构思到完成竟达 10 年之久。之所以经过这么长时间，原因有三：一是平时临床工作较忙，还有其他工作如带研究生、做课题、参加社会活动，只有挤时间写作了。二是收集资料占用大量时间，既然是讲故事，就一定要有故事的要素——时间、地点、人物、事情的来龙去脉，不能将一般的针灸医案拿来当故事写，而且历史题材一定要去古医书中寻找，现代医学部分又要从文献库中筛找，

1

这又花费了一些时间。三是写作难度较大，这本书是科普读物，是医学科普读物，又是中医针灸科普读物，这一系列的限定就决定了写作的难度。本书所讲故事大多来自古典医籍或书籍，有的故事有多个出处，需要互相印证比较，还要将古文翻译成白话文，且要"信、达、雅"，让没有古文知识的读者看得懂。不仅如此，想要与一般浅显的针灸科普读物不同，还要考虑一定的深度，特别是要通过现代医学的研究成果来说明针灸的道理，就更增加了写作难度。不仅要查阅大量资料，还要将晦涩难懂的医学术语用大家听得懂的语言表达出来，需要有一定的语言组织功夫，其难度可想而知。不管怎样，这本书终于面世了，了却了我的一桩心愿。

本书的特点有三：一是趣味性，书中介绍的小故事或为传说，或实有其事，都见诸史料文献，生动有趣；同时还介绍了一些与之相关的医学知识、名人掌故、趣闻轶事，增加了可读性。二是有一定的深度，不同于同类其他科普读物的浅显，本书以故事为切入点，引申出了针灸治疗疾病的道理，使读者不仅知其然，还能知其所以然，因而具有一定的参考价值，特别适合对针灸疗法有浓厚兴趣的读者，可以使他们对针灸疗法有更深入的了解，而不是仅仅停留于表面。三是实用性，本书在每个故事后都介绍了治疗疾病的方法，考虑到针刺操作的规范性和安全性问题，介绍的方法基本上以点穴为主，个别故事后介绍了一些刺络放血的方法，这些方法不但实用，而且安全，按照说明操作可以有效解除一些常见病带来的痛苦。

针灸疗法的神奇之处就不用多说了，从扁鹊用针使虢国太子起死回生，到华佗为曹操用针治头痛；从针刺麻醉震惊世界，到针灸疗法遍及全球，无不彰显着祖国医学的博大精深与光辉灿烂。中国传统的针刺疗法不仅为广大患者解除了痛苦，更为医学的发展做出了巨大贡献。不能不赞叹先人的聪明才智，为我们留下了一份弥足珍贵的遗产。下面就让我们通过一个个小故事走进针灸疗法的世界，领略一下针灸疗法的风采吧！

编　者
2023 年 1 月

目 录

摘扁桃不用麻药，针麻术震惊世界

故事讲

1958 年 8 月 30 日，上海市第一人民医院耳鼻喉科来了一位患者沈某，他患了扁桃体炎，接诊的是耳鼻喉科女医生尹惠珠。通过检查发现，患者的病情较严重，用一般的治疗方法已经不能解决问题了，需要做扁桃体摘除手术。以往做此类手术前需要用药物麻醉，但是这次尹医生却没有使用药物麻醉，只是在患者的两手合谷穴各扎了一针，行针后即顺利地切开、分离和摘除了病变的扁桃体。手术过程中患者毫无疼痛感觉，手术一切顺利。尹医生签署了世界上第一份应用针刺麻醉的手术病史记录，在麻醉类

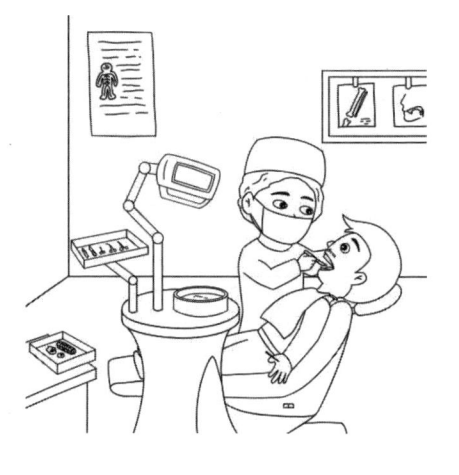

别栏里填写着："针灸（双合谷）"，而手术情况栏上，在"良好"两个字上打了一个勾。这次手术在今天看来绝对具有重大意义。

1958年9月5日的《解放日报》报道了这件事，报道的题目是"中医针灸妙用无穷，代替止痛药二针见分晓"，文中说："上海市第一人民医院耳鼻喉科和中医科合作，采用针灸代替药物麻醉，已获得成功。""该院耳鼻喉科医生很早已学会针灸，以往当患者摘除扁桃体后饮食疼痛时，医生即使用针灸消除患者的疼痛。耳鼻喉科医生因此认识到针刺有明显的止痛作用。8月30日，该院医生第一次以针刺代替药物麻醉。患者在毫无疼痛感觉的情况下，进行了手术，手术后一切顺利。到9月4日，该院已成功地为13例患者摘除了病变的扁桃体。"这可以说是世界上第一次公开报道的针麻手术，在医学界引起了巨大的轰动。

图1-1　人民日报报道针刺麻醉

1971年7月18日，新华社首次向全世界报道了"我国医务工作者和科学工作者创造成功针刺麻醉"的消息：针麻技术突破了外科手术必须使用麻醉药物的旧框框，这种技术具有安全、简便、经济、有效的特点。虽然这篇报道在世界医学界泛起了一些涟漪，但并未激起多大的浪花；真正对针刺麻醉技术起到推波助澜作用的，是美国前总统尼克松访华事件。1972 年 2 月 21 日至 28 日，当时的美国总统尼克松应邀访问中国，在中方向其赠送的礼品中，就有外文出版社出版的英文版《中国针刺麻醉》。当时，针刺麻醉正风行全国。在尼克松访华期间，周恩来总理陪同他观看了针刺麻醉下进行的甲状腺切除手术，纪录片《尼克松参观针刺麻醉》中就有这些镜头；同时，陪同来访的黑格将军等人也目睹了针刺麻醉下实施的肺叶切除手术。神奇的针麻效果不仅令世界瞠目结舌，也使针刺疗法风靡全球。2010 年 11 月 16 日，针灸被联合国确认为非物质文化遗产，与尼克松这次访问后的推广不无关系。

针说理

（一）为什么会出现针刺麻醉？

现在大家都知道做外科手术时要先进行麻醉，这样患者会没有痛感甚至意识消失，医生就可以顺利进行手术操作了。试想在没有麻醉药的年代里，要做截肢、剖腹等外科手术要冒多大的风险？也不知有多少人因疼痛而死在手术台上。

19 世纪初诞生的现代麻醉术是医学史上的一个里程碑，麻醉术的出现使手术成功率大大提高，挽救了无数人的生命，也使无数人摆脱了疼痛的折磨。但是现代麻醉术也有不足之处，举个例子，在做颅脑手术时，如果不能严格掌握病理组织与正常组织的界限，特别是不能保证生理功能如视觉、听觉、语言不受干扰，就会增加手术的后遗症。另外，若麻醉处理不当甚至失误，轻则延迟患者的恢复或引起某些器官的病理改变、功能障碍，重则危及患者的生命；还有的患者由于体质因素，对麻醉药物过敏，无法进行手术治疗，因此现代麻醉也存在一些安全隐患。所以寻找更符合生理功能状态的麻醉方法一直是临床麻醉学的重大课题。

中国古老的针刺疗法具有明显的镇痛催眠作用，是否可以用来代替药物麻醉呢？这个问题只能由中国医生来解答。针刺疗法发源于中国，在治疗疼痛性疾病方面具有明显的优势和很好的疗效，这已经为数千年的历史所证实。中国医生尝试使用针刺进行麻醉具有独特的优势，故事所讲的就是将针刺用于麻醉的首次尝试。

（二）针刺为什么可以用于麻醉？——韩济生院士的研究

说到针刺麻醉，就不能不提针刺镇痛，针刺麻醉实际上是针刺镇痛的一种特殊效果。而说到针刺麻醉和针刺镇痛，就不能不提一个人——北京大学医学部神经生物学教授韩济生院士。

👤 人物介绍

韩济生，我国著名生理学家，博士研究生导师，北京大学医学部神经生物学系教授，中国科学院院士。中华医学会疼痛学分会和中国医师协会疼痛科医师分会终身名誉主任委员，曾任国务院学位委员会学科评议组成员、中国博士后基金会理事、世界卫生组织（WHO）科学顾问、美国国立卫生研究院顾问。《中国疼痛医学杂志》主编，《生理科学进展》名誉主编。曾任中国生理学会副理事长，中国神经科学学会副理事长。

自 1965 年开始从事针灸原理研究，1972 年以来从中枢神经化学角度系统研究了针刺镇痛原理，发现针刺可动员体内的镇痛系统释放出阿片肽、单胺类神经递质等，发挥镇痛作用；不同频率的电针可刺激释放出不同种类阿片肽；针效的优、劣取决于体内镇痛和抗镇痛两种力量的消长。研制出"韩氏穴位神经刺激仪（HANS）"。在国内外杂志及专著上发表论文 500 余篇，主编中文专著 9 册，英文教科书 1 册。

由于针刺麻醉的神奇效果，1965 年国家开始了对针刺麻醉的研究。根据指示，卫生部开始组织研究针刺麻醉原理。韩济生院士那时被指定主持对针刺麻醉和针刺镇痛机制的研究。在这 50 多年的研究中，有三件事情是他永远忘不了的。

第一件，是针刺镇痛的时间因素。虽然针刺麻醉取得了成功，但当时医学界对此仍有不少质疑。质疑之一是：针刺麻醉完全是心理作用，没有化学物质基础，是"伪科学"。针刺麻醉究竟有没有物质基础？还是心理作用的结果？韩济生团队用事实做出了解答。一天晚上，韩济生院士将白天的数据拿来运算，算着算着，他发现画出来的曲线是指数曲线，而且非常平滑。曲线显示，在针刺的作用下，痛阈逐渐上升，到半小时左右处于高水平稳态。停针后曲线逐渐下降，平均每 16 分钟镇痛效果降低一半，1 小时后恢复到基线。这说明，针刺后的镇痛效果并不是立即显现，而是需要 20 到 30 分钟左右才能达到最佳效果，停针后麻醉效果也不会立刻消失，而是缓慢下降，这与注射化学止痛药吗啡的麻醉效果非常相似。也与临床中一般针刺麻醉施针"诱导"半小时后才能开始手术的情况基本一致，这说明：针刺麻醉肯定有物质基础，不只是心理作用。

第二个是电针的"频率"要素。随着研究的不断推进，由针灸医生施行的"手捻针"，逐步被"电针"所取代。韩济生团队用不同电压、不同频率的电流通过针灸针输入穴位，来模拟手捻针的刺激，同时记录下镇痛效果的数据，然后再看大脑产生了什么物质。经过对比发现，不同频率电流的刺激，会让大脑产生不同的化学物质，转而产生不同的临床效应。最初这项实验是在家兔和老鼠身上进行的，后来在人体上进行实验，为了保证人体实验结果不受"心理因素"的干扰，他们将收集到的人体试验的脑脊液制成干粉样品后只贴上编号，没有其他名称信息，再把样品送到国外检测。结果显示，人体实验的结果和在其他动物体上的实验结果高度吻合，说明穴位上不同频率的电流刺激会令大脑产生不同的化学物质，这也意味着大脑工作的"密码"被他们发现了。现代科学已经证明，电针刺激穴位时大脑产生的物质与电流刺激的频率有关，比如，每秒 2次的电流刺激，会令大脑产生脑啡肽；而每秒 100 次的电流刺激，会令大脑产生强啡肽。

还有一件事，就是发现了胆囊收缩素（CCK）具有抗镇痛的作用。在韩济生团队开始进行针灸机制研究后不久，就提出来了一个问题：既然针灸有麻醉镇痛的效果，那么增加针灸次数会不会提升麻醉效果？随后的动物实验结果给出了回答：

在一定时间内，随着针刺麻醉次数的增加，麻醉效果是逐渐衰减的。这就类似于吗啡有麻醉效果，加大注射量时效果倍增；但随着注射次数的增加，体内产生的"抗吗啡物质"越来越多，麻醉效果会逐步衰减。当时他们想，针刺在刺激大脑产生镇痛化学物质的同时，会不会同时也产生抗镇痛的物质？而且随着针刺次数增加，这种抗麻醉物质的量会不会也随之增加？沿着这个思路，这种抗镇痛的物质在随后的试验中被提取了出来，当时只知道它的分子量大概是 1000，相当于 8~10 个氨基酸，但不知道是什么。直到 1985 年，一次偶然的机会使谜团得以解开。当时韩济生院士应邀在美国圣路易斯大学做学术交流，在演讲中提到了这个拟似的"抗镇痛物质"。一位美国科学家举手说，这个物质从化学特性上看和他们发现的 CCK 很像，至于生理效应，CCK 在消化道是帮助胆囊收缩、排出胆汁的，不知道是否也会在神经系统中参与针刺镇痛。韩济生院士当时就有了茅塞顿开的感觉。此后事情的进展一帆风顺，在这位美国科学家的热情帮助下，韩济生团队拿到了 CCK 样品以及抗体。实验证明，他们近 20 年前发现的"抗镇痛物质"，就是CCK！

"针刺麻醉时产生的脑啡肽与 CCK，高度契合中医理论中的阴阳学说，二者相生相克，产生了奇妙的效果。"韩济生院士感叹道，"这个例子说明，在道的层面，中医和西医是一致的。"

（三）针刺是通过什么机制起到麻醉作用的？

通过韩济生院士以及众多科研人员多年的深入研究发现，针刺麻醉的机制有如下几种。

1. 神经通路

针刺信号是通过穴位深部的感受器及神经末梢的兴奋传入中枢的。外周神经中的 C 类神经纤维的传入在针刺镇痛中起重要作用；针刺引起的传入冲动进入脊髓后，与痛觉、温觉的传导途径相似，针刺传入信息和伤害性刺激部位的传入信息在脊髓中的相互作用有比较明显的节段关系，当针刺的部位和伤害性刺激传入纤维到达相同或相近的脊髓节段时，针刺的抑制作用较明显；另外针刺信号与疼痛信号在脊髓、脑干、丘脑以及大脑皮层的整合加工，使疼痛性质发生变化，疼痛刺激引起的感觉和反应受到抑制，从而起到镇痛作用。

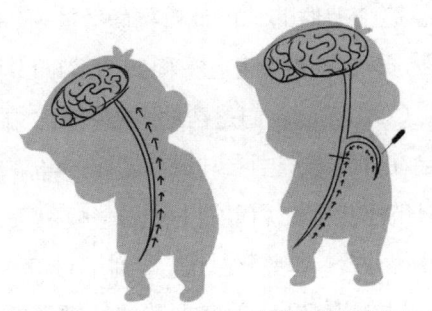

疼痛信号沿脊髓上传至脑　针刺抑制疼痛信号上传

图 1-2　针刺麻醉机制

2. 神经化学机制

脑内有许多参与镇痛的神经化学物质。①内阿片肽是脑内的镇痛物质，其中的内啡肽和脑啡肽在脑内具有很强的镇痛效应，脑啡肽与强啡肽在脊髓内有镇痛作用，针刺可以激活脑内的内阿片肽系统。②脑内 5- 羟色胺参与痛觉、睡眠等生理功能的调节，5- 羟色胺含量不足与精神及疼痛等多种疾病的发病有关。针刺时 5- 羟色胺的合成、释放增加，合成超过利用，含量增加。③针刺可激活乙酰胆碱能系统，增强镇痛作用。④中枢八肽胆囊收缩素可以对抗中枢阿片肽的镇痛作用，针刺可以调节中枢阿片肽与八肽胆囊收缩素的平衡。

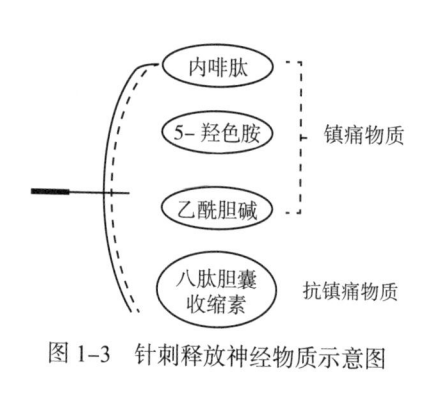

图1-3　针刺释放神经物质示意图

（四）针刺麻醉与药物麻醉相比有什么优势？

1. 针刺麻醉的作用

①镇痛作用。②抗内脏牵拉反应的作用。③抗创伤性休克的作用。④抗手术感染的作用。⑤促进术后创伤组织修复的作用。以上的作用和针刺自身的特点，使针刺麻醉表现出以下几方面的优势：①使用安全，适用范围广。②便于手术中医患配合。③生理干扰少，便于术后恢复。④简便、经济、便于推广。据报道，在新喉再造术中，针麻优良率达到95%，吞咽功能、发音功能的优良率达到100%；在大脑功能区和深部肿瘤手术中，针麻成功率达到98%；在肾移植手术中，针药复合麻醉优良率为88%，由于手术中有效减少了麻醉药对循环和呼吸系统的影响，术后泌尿时间明显提前。

2. 针刺麻醉存在的问题

①麻醉不全。②不能完全抑制内脏反应。③个体差异较大。虽然如此，针麻在一些手术中所体现的优势是不可否认的。我们不能夸大针麻的作用，也不能否认它的临床价值。应当更深入地研究针麻的特点，根据患者的实际情况，利用这一优势更好地为临床服务。

（五）针刺麻醉的作用和意义

针刺镇痛原理研究第一次用现代科学的理论和方法证明了我国传统医学针刺疗法的科学性，极大地推动了针灸学科的现代化进程，使针灸疗法逐渐被世界主流医学所认同，同时也促进了我国在疼痛生理学方面的研究。所以说，针刺镇痛的原理研究对促进我国生命科学的发展起到了积极作用。

针刺镇痛原理研究是针灸学走向世界的基础。针刺镇痛原理研究的成功推动了针灸学术的发展：①传统的针灸技术是可以与现代科学相融合的，只要选准研究切入点，针灸学的实践经验和观点是可以被现代科学所认识的。②传统针灸学所蕴含的对生命活动及疾病治疗规律性的认识，可以给研究者独到的启示；挖掘、整理及揭示传统针灸学的科学内涵，是针灸学发展的必由之路。③针刺镇痛原理的研究培养了一支既有一定的传统针灸学基础又掌握现代科学理论和研究技术的针灸研究队伍，这是针灸学术深入发展的决定性因素。

由此可知，针刺的镇痛作用不仅具有重要的临床价值，还有重要的科研价值，为探索人体奥秘，揭示生命本质做出了重要贡献。

（六）针刺麻醉的现状

2021年3月，上海中医药大学附属岳阳中西医结合医院运用现代针刺麻醉技术，成功救治了一名重症感染心内膜炎患者，说明针刺麻醉技术已经达到了一个新的高度。

针刺麻醉的发展经历过高峰，也经历过低谷，从1958年第一例针刺麻醉辅助下扁桃体摘除手术开始，截至1979年，全国采用这种清醒状态下"单纯针刺麻醉"方法进行的外科手术总量达到 200 余万例。但是，清醒状态下的单纯针刺麻醉技术有其不完善的地方。比如，由于其不具备肌肉松弛作用，无法达到 100% 的镇痛镇静效果，"清醒状态"无法消除部分手术患者对手术的恐惧心理，有悖于医学伦理学的要求等；加之对针刺麻醉的基础研究能力薄弱，以及针刺麻醉技术劳务收费低廉等原因，20 世纪 80 年代以后，针刺麻醉受到了广泛的质疑，被大部分医院逐渐抛弃。

但是也有少数医院依然坚持开展研究，上海中医药大学附属岳阳医院在继承前人经验、总结既往针刺麻醉优点的基础上，从难度最大的心脏手术入手，经过反复探索和实践，逐一攻克技术难点，将既往"单纯针刺麻醉"技术创新改良为"浅睡眠、自主呼吸状态下针药复合麻醉心脏手术"的现代针刺麻醉技术，取得了良好的临床疗效。2005 年，顺利完成一例针刺麻醉无气管插管下心脏二尖瓣成形术，被 BBC（英国广播公司）现场采访并全球报道，让沉寂了 20 多年的针刺麻醉技术再次被世界认识和关注，开启了我国针刺麻醉的传承创新期。通过大量临床研究证实，在心肺手术中，无气管插管的现代针刺麻醉与常规静吸复合麻醉（将静脉麻醉药和吸入麻醉药合用，以产生并维持全身麻醉的方法）的临床结果同期相比，麻药使用量显著减少了 60%~70%，有效减少了术后疼痛，减少了围手术期并发症的发生，缩短了住院天数，加快了术后康复。因为减少了大剂量麻药对人体的伤害，加快了术后康复，所以降低了约 20% 的医疗费用，提高了患者的满意度。现代针刺麻醉技术已经被广泛运用到颅脑、腹部和盆腔、肛门、四肢等部位的手术，针刺麻醉的效应辐射从手术中扩展到了整个围手术期。

镇痛点穴
小处方

【处方】合谷、太冲、梁丘、内关

【取穴】

✔**合谷** 位于手背第1、第2掌骨之间，近第二掌骨之中点处。

简易取穴法：当拇、食指并拢时，在第一骨间背侧肌隆起之中央处；或以一手的拇指指骨关节横纹，放在另一手拇、食指之间的指蹼缘上，当拇指尖下是穴。

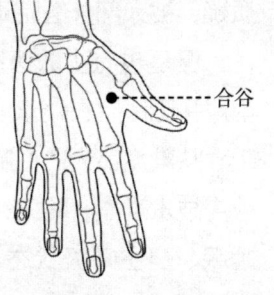

图1-4　合谷

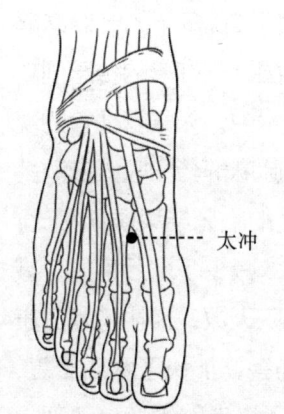

图1-5　太冲

✔**太冲** 位于足背，第1、第2跖骨间，跖骨结合部前方凹陷中，或触及动脉搏动处。

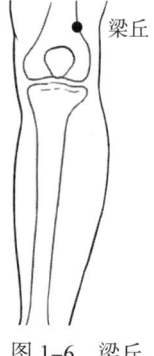

图 1-6　梁丘

🎯**梁丘**　在大腿前区，髌骨底上 2 寸，髂前上棘与髌底外侧端的连线上。

简易取穴法：伸膝用力时，大腿前方筋肉凸出处外侧的凹洼，从髌骨外侧端，约三个手指左右的上方取穴。

🎯**内关**　位于前臂掌侧，腕横纹上 2 寸，掌长肌腱与桡侧腕屈肌腱之间。

简易取穴法：以食、中、环三指伸直，食指侧置于掌侧腕横纹上，于环指侧与前臂两筋之间的相交处取穴。

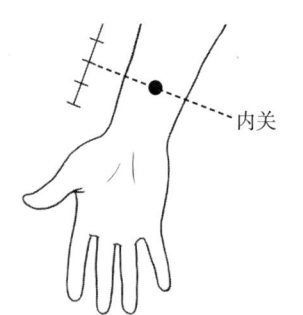

图 1-7　内关

 操作

1　术者以一手扶持住患者的手，另一手拇指置于合谷穴上，食指与拇指相对夹持住与合谷相对应的手掌部位，然后两指同时用力，力量由轻渐重，至合谷穴局部有酸胀感，按压 30 秒后放松片刻，然后再行按压。可两手交替，反复多次，至疼痛缓解。患者也可自行用一手拇指按压另一手合谷穴。

2 　　患者仰卧位，术者用一手拇指沿患者足背第1、第2跖骨间由下向上推至二骨的结合部，找到太冲穴，然后用力向下按压，至局部有酸胀感，持续30秒，双足交替，反复多次，至疼痛缓解。

3 　　患者仰卧位或坐位，术者用双手拇指分别置于两侧梁丘穴上向下用力按压，同时做旋揉手法约30秒。反复多次，至疼痛缓解。

4 　　术者用一手握住患者手掌，掌面向上，另一手拇指置于内关穴上，其余四指置于与内关穴相对的前臂背侧，拇指用力按压内关穴使局部有酸胀感并旋揉30秒，至症状缓解。也可用小纸团放在穴位上，用拇指按压。

应用

1 　　合谷穴是临床常用穴位，有很好的镇痛作用，常用于治疗头面部疾病，如牙痛、咽痛、头痛、目痛等，有"面口合谷收"之说。对于疼痛严重者，用大力按压合谷穴，直至痛止；与太冲穴相配，为"开四关"法，用于治疗寒湿痹痛，四肢寒颤，音哑，神志不宁等；与三阴交穴相配，可缓解痛经；与百会、神门相配，有镇静安神的作用，用于治疗癫痫；与人中、十宣相配，有开窍醒神之功，用于治疗神昏、休克。

2　　太冲穴为足厥阴肝经腧穴，因为肝经上达头巅，又与足少阳胆经相表里，而胆经循行于头侧及胁肋，所以可以治疗肝阳上亢、肝胆火盛的头顶痛、偏头痛、胁肋痛；足厥阴肝经循阴器，走小腹，所以又能治疗疝气疼痛，妇女痛经。

3　　梁丘为足阳明胃经郄穴，郄穴是经脉中气血深积的腧穴，可以治疗急症、重症；梁丘可以治疗急性胃痛，常配中脘、内关、足三里；还可以治疗膝关节痛，常配犊鼻、阳陵泉、膝阳关。

4　　内关穴为手厥阴心包经的郄穴，有宁心安神、理气止痛的作用，常用于治疗心胸疼痛。配郄门穴可治疗心痛、心悸，配膻中可治疗胸闷、胸痛；配足三里、中脘、公孙主治胃痛、吐泻。

故事讲

东汉三国时期有个名医叫华佗（约公元 145—208 年），是沛国谯县（今安徽亳州）人，年轻时曾在外游学行医，足迹遍及安徽、河南、山东、江苏等地，他医术全面，尤其擅长外科，精于手术，曾用"麻沸散"麻醉患者后再实行剖腹手术，是世界医学史上最早应用全身麻醉进行手术治疗的医学家。他还精通内、妇、儿、针灸各科，其医术达到了出神入化的地步，与董奉、张仲景并称为"建安三神医"。

曹操患有顽固性头痛，发作时心中慌乱、双目发花，他知道华佗医术高明，便将他招到自己身边陪侍。每次曹操头痛发作时，华佗便针刺其膈俞（一说针风府

穴），头痛就缓解了。后来华佗因不愿专侍曹操，终被其所杀。曹操的头痛一直没好，他说："华佗能治好我的头痛病，但这小子有意留着不加根治，想以此来显得自己重要。我即使不杀他，他也终究不会替我断掉这病根。"等到曹操的爱子仓舒（曹冲）病危，他才感到后悔，说："我后悔杀了华佗，使我儿子死去了。"

出自《三国志·华佗传》

针说理

（一）中医对头痛的认识

头痛是临床最常见的症状，也是一种疾病。中医又称为"首风""脑风"。中医将头痛分为外感头痛和内伤头痛，另外也有从经络角度对头痛进行分类的。

1. 外感头痛

中医认为头为"诸阳之会""清阳之府"，五脏六腑之精气都上注于头。头居高位，"巅高之上，唯风可到"，外界的风邪最易侵袭头部，不管夹寒还是夹热、夹湿，都会伤及清阳或蒙蔽清窍，使经脉绌急，发为疼痛。这种因感受外邪引起的头痛是外感头痛。

2. 内伤头痛

中医认为"脑为髓之海"，有赖五脏六腑精气的濡养。肝藏血，肾藏精生髓通脑，脾化生精气，如果情志不舒，肝气郁结化火，上扰清窍；或年老体衰，肾阴亏虚，肝阳偏亢，上扰清窍；或饮食劳倦，伤及脾气，脾失健运，痰浊内生中阻，清阳不升，浊阴不降，蒙蔽清窍；或生化之源不足，气血亏虚，脑脉失养，这些都可导致头痛。这种因脏腑功能失调引起的头痛称为内伤头痛。

3. 经络与头痛的关系

从经络理论来看，各条阳经都上行至头部，足厥阴肝经也与督脉交会于巅顶，这些经脉发生病变均会导致头痛，其特点是疼痛出现在各自循行的部位。如前额痛为阳明经头痛，因为足阳明胃经"循发迹，至额颅"；侧头痛为少阳经头痛，因为足少阳胆经"从耳后，出走耳前"，手少阳三焦经"上项，系耳后直上，出耳上角"；枕后痛为太阳经头痛，因为足太阳膀胱经"从巅入络脑，还出别下项"，正好路过后枕部；头顶痛为厥阴头痛，因为足厥阴肝经"上出额，与督脉会于巅"。掌握了经脉的循行所过，就可以根据头痛的部位判断出是哪条经络出了问题，这对于指导针刺治疗有重要意义。

知识拓展 **西医对头痛的认识**

✎ 西医对头痛的分类

西医对头痛的分类比较复杂，将头痛分为原发性头痛和继发性头痛两大类。

1. 原发性头痛

原发性头痛是指不能归因于某一确切原因的头痛，包括紧张性头痛、丛集性头痛、偏头痛。

（1）紧张性头痛：是最常见的头痛，主要特点为慢性头部紧束样或压迫样疼痛，可持续数日至数周，往往晨

起或夜间醒来时发生，吹冷风可使疼痛加重，扪诊痛区呈结节状，肌肉运动受限。疼痛区多位于斜方肌上缘以及头夹肌、胸锁乳突肌、茎突舌骨肌等处。

（2）丛集性头痛：是唯一患病男性多于女性的原发性头痛。属血管扩张性头痛，特征是反复发作的短暂单侧剧烈疼痛。密集发作，每日一次至数次，每次持续约10分钟。常夜间发作，从梦中惊醒，头痛位置在一侧眶周、颞顶和面部，可扩及颈部，呈钻痛状，可伴发同侧鼻塞、流涕、流泪、结膜充血，无恶心、呕吐。

（3）偏头痛：系一发作性剧烈头痛，发作间歇期完全正常，多发生于一侧。患者常有家族史，女性多见，好发生于月经期，一般绝经后则不再复发。发病常在晨起或疲劳、焦急或紧张时。开始有脑血管收缩，脑缺血，出现先兆；继而血管扩张，出现搏动性头痛。头痛持续时间长短不等，由数分钟到1~2小时，最后痛止，沉睡。

2.继发性头痛

继发性头痛较多见，病因可涉及各种颅内外病变，临床比较多见的有以下几种。

（1）颅内压增高性头痛：因颅内占位病变、脑脊液循环障碍或妊娠等原因，或间接受到硬膜外血肿刺激，颅内压增高，引起头钝痛，咳嗽、弯腰或用力时头痛加重，晨起明显，常伴有喷射性呕吐、视乳头水肿或偏瘫。

（2）高血压头痛：多见于高血压脑病，高血压患者如血压骤升而致脑部小动脉痉挛发生急性脑水肿时，可因急性颅内压增高而产生头痛。疼痛多较剧烈，多为深部的胀痛、炸裂样痛，常不同程度地伴有呕吐、神经系统损害体征、抽搐、意识障碍、精神异常以至生命体征的改变。眼底可见视网膜动脉痉挛、出血、渗出等。

（3）枕大神经痛：由于劳损、炎性刺激等原因导致局部软组织渗出、粘连和痉挛，刺激、卡压或牵拉枕大神经，可引起枕大神经分布范围内（一侧脑后枕部及头顶部）放射痛。枕大神经痛发病率高，多见于中年女性。

（4）三叉神经痛：是最常见的脑神经疾病，以一侧面部三叉神经分布区内反复发作的阵发性剧烈痛为主要表现，多发生于中老年人，右侧多于左侧。其症状特点是：在头面部三叉神经分布区域内，骤发、骤停、闪电样、刀割样、烧灼样、顽固性、难以忍受的剧烈性疼痛。说话、洗脸、刷牙或微风拂面，甚至走路时都会导致阵发性的剧烈疼痛。疼痛历时数秒或数分钟，疼痛呈周期性发作，发作间歇期同正常人一样。病因及发病机制至今尚无明确的定论，各学说均无法解释其临床症状。目前为大家所支持的是三叉神经微血管压迫导致神经脱髓鞘学说及癫痫样神经痛学说。

（5）外伤性头痛：直接暴力或间接暴力导致颅脑不同程度的损伤所引起的头痛。外伤头痛的程度与伤势轻重有密切的关系。头痛的部位多在受伤局部，也可波及全头。

此外还有五官科疾病引起的头痛，如鼻窦炎引起的头痛、中耳炎引起的头痛等。

头痛的发病机制为何？

头痛的发病机制较为复杂，主要是由于颅内、颅外痛敏结构（能够对疼痛刺激产生反应的组织器官）内的痛觉感受器受到刺激，经痛觉传导通路传导到达大脑皮层而引起。

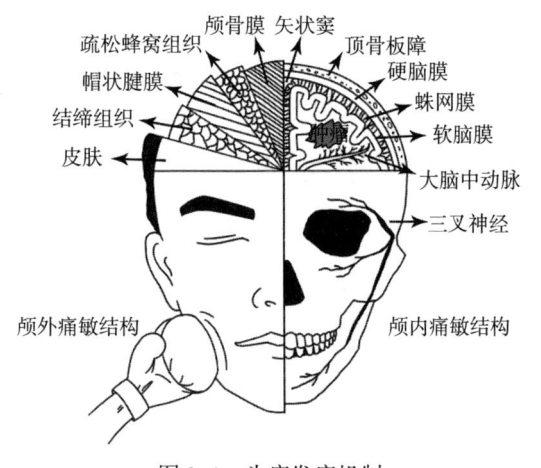

图 2-1　头痛发病机制

1.痛敏结构

（1）颅内痛敏结构：包括静脉窦（如矢状窦）、脑膜前动脉及中动脉、颅底硬脑膜、三叉神经、舌咽神经和迷走神经、颈内动脉近端部分及邻近威利斯（Willis）环分支、脑干中脑导水管周围灰质和丘脑感觉中继核等。

（2）颅外痛敏结构：包括颅骨膜、头部皮肤、皮下组织、帽状腱膜、头颈部肌肉和颅外动脉、第2和第3颈神经、眼、耳、牙齿、鼻窦、口咽部和鼻腔黏膜等。

2. 各种刺激

机械、化学、生物刺激和体内生化改变作用于颅内、外痛敏结构均可引起头痛。如颅内、外动脉扩张或受牵拉，颅内静脉和静脉窦的移位或受牵引，脑神经和颈神经受到压迫、牵拉或炎症刺激，颅、颈部肌肉痉挛、炎症刺激或创伤，各种原因引起的脑膜刺激，颅内压异常，颅内5-羟色胺能神经元投射系统功能紊乱等。

（二）针刺如何治疗头痛？

针刺有良好的镇痛作用，可以治疗各种疼痛性疾病，其中包括头痛。其机制见"摘扁桃不用麻药，针麻术震惊世界"。

1. 针刺治疗头痛的方法

针刺治疗头痛一般采用局部针刺与远道针刺相结合的方法。

（1）局部刺：顾名思义，就是在疼痛部位进行针刺，也就是中医传统理论所讲的"以痛为腧"。比如头顶痛可以针刺百会穴；偏头痛可以针刺太阳穴、曲鬓穴；前额痛可以针刺头维穴、神庭穴；后头痛可以针刺风府穴、风池穴等。

（2）远道刺：远道刺是指在远离疼痛部位的取穴针刺，这是在经络理论指导下的一种针刺方法，根据头痛的不同部位选取与之相关的经络远端腧穴进行针刺，所谓"经脉所过，主治所及"。比如头顶痛可以针刺足厥阴肝经在足部的太冲穴、大敦穴；偏头痛可以针刺足少阳胆经在腿部的阳陵泉穴、在足部的侠溪穴；前额痛可以针刺足阳明胃经在足部的厉兑穴、内庭穴；后头痛可以针刺足太阳膀胱经在足部的昆仑穴、至阴穴等。

2. 为什么头痛可以上病下治？

中医认为，疼痛是由于经络不通所致，所谓"不通则痛""痛则不通"，那么治疗就应疏通经络，即"通则不痛"。中医认为治病"必求其本"，就是要从根上治疗，头痛在许多情况下是脏腑病变的一种临床表现，痛虽表现在头，但其病因在脏腑，脏腑有病会通过经络传达到外周。比如肝郁不舒，郁久化火，火循经络上传至头，表现为头顶痛，此时只针刺头顶的百会穴，虽然也可止痛，但由于病因未除，所以容易复发。若用三棱针在足厥阴肝经的井穴大敦穴放血，便可引火下行，釜底抽薪，消除病因，止痛效果才好。这就是中医"上病下治"的道理，这种"上病下治"的方法较"头痛医头、足痛医足"的方法更为高明。

头痛点穴
小处方

【处方】百会、神庭、头维、太阳、风府、风池。头顶痛：配太冲、大敦；偏头痛：配阳陵泉、足窍阴。

【取穴】

✔**百会** 位于头部，在前发际正中直上 5 寸（前发际至后发际为 12 寸）处取穴。

简易取穴法：沿两耳尖直上，在头顶正中交会处取穴。

✔**神庭** 位于头部，当前发际正中直上 0.5 寸。

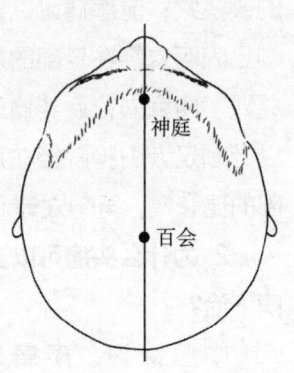

图 2-2　百会、神庭

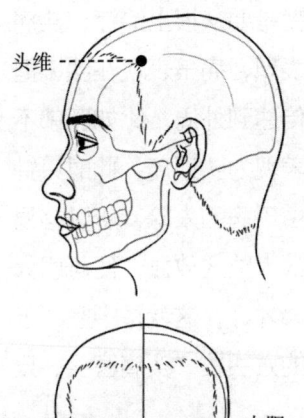

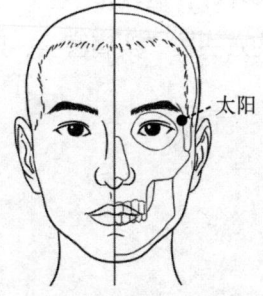

图 2-3　头维、太阳

✔**头维** 位于头面部前正中线旁开 4.5 寸，入发际 0.5 寸。

简易取穴法：在鬓角处，鬓角入发际的地方。

✔**太阳** 位于头部侧面，眉梢和外眼角中间向后一横指凹陷处。

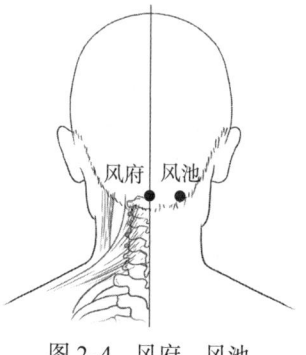

图 2-4　风府、风池

❂**风府**　在项部，当后发际正中直上 1 寸，枕外隆凸直下，两侧斜方肌之间凹陷处。在项韧带和项肌中。

❂**风池**　在颈项后方，与风府穴相平，当胸锁乳突肌与斜方肌上端之间的凹陷中取穴。

❂**太冲**　位于足背，第 1、第 2 跖骨间，跖骨结合部前方凹陷中，或触及动脉搏动处。

❂**大敦**　在足大趾，距趾甲角外侧缘 0.1 寸。

简易取穴法：可在足大趾末节关节背面毫毛处的静脉显露处取穴。

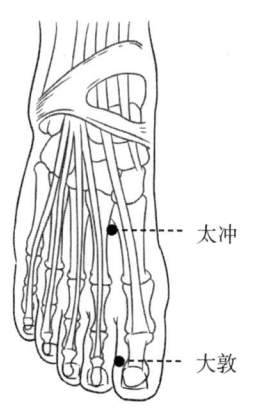

太冲

大敦

图 2-5　太冲、大敦

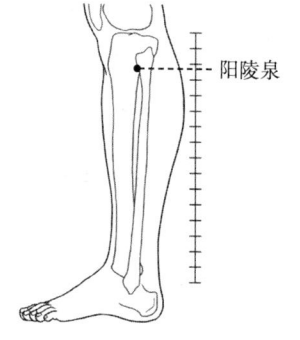

阳陵泉

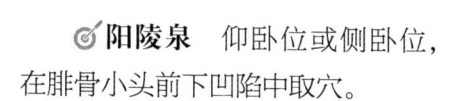

❂**阳陵泉**　仰卧位或侧卧位，在腓骨小头前下凹陷中取穴。

图 2-6　阳陵泉

足窍阴　在足第4趾末节外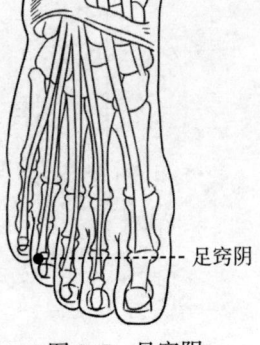侧，距趾甲角0.1寸。

简易取穴法：于足第4趾趾甲角根部划一水平线，再于第4趾趾甲角外侧划一垂直线，两线之交点即为足窍阴所在。

足窍阴

图2-7　足窍阴

操作

1　患者坐位，术者立于患者身后，以一手大拇指用力按压百会穴30秒，至局部出现酸胀感后放松。

2　术者以一手中指用力按压神庭穴30秒，至局部出现酸胀感后放松。

3　术者双手中指分别用力按压患者两侧头维穴30秒，至局部有酸胀感后放松。

4　术者双手拇指、中指分别同时用力按压患者两侧风池穴和太阳穴30秒，至局部有酸胀感后放松。

5　术者一手扶住患者前额，一手大指用力按压风府穴30秒，至局部有酸胀感后放松。以上操作反复3~5次，至头痛缓解。

6 如果头顶痛较重，可按压太冲穴。患者取仰卧位，术者用一手拇指沿患者足背第1、第2跖骨间由下向上推至二骨的结合部，找到太冲穴，然后用力向下按压，至局部有酸胀感，持续30秒，双足交替，反复多次，至疼痛缓解。同时可在大敦穴局部用75%酒精消毒后用三棱针点刺放血3滴。

7 如果偏头痛较重，术者可以两手大指分别按压患者两侧阳陵泉穴30秒，边按压边旋转，至局部有酸胀感后放松片刻，然后再次按压，反复3次。也可在足窍阴穴放血，方法同大敦穴。

 应用

1 百会穴位于头顶，属督脉。手足三阳经、五脏六腑的气血皆会于此，故又有"三阳五会穴"之称。头为诸阳之会，百脉之宗，而百会穴为各经脉气会聚之处，故能通达阴阳脉络，连贯周身经穴，对于调节机体的阴阳平衡起着重要的作用，具有醒脑开窍，祛风止痛之功，可治疗头痛、眩晕、休克、高血压、脱肛等。

2 神庭穴是督脉腧穴，有安神定志、醒脑开窍、调和阴阳之功。常用于治疗头痛、头晕、失眠等病。

3 头维穴是足阳明胃经腧穴，位于前额，有治疗头痛的作用，特别是前额痛，可以配合谷穴。

4　太阳穴为经外奇穴，取穴位置布有三叉神经第 2 分支（上颌支）的颧颞支、第 3 分支（下颌支）的耳颞支，按压此穴可以治疗偏头痛以及目胀目痛。

5　风府穴为督脉腧穴，有清热散风、通关开窍的作用。临床常用于治疗头痛、项强、眩晕、鼻衄、咽喉肿痛、中风不语、半身不遂、癫狂。治疗后头痛可与风池、天柱、玉枕同用。

6　风池穴为足少阳胆经腧穴，善治颈项、头面、五官疾病，配大椎、后溪主治颈项强痛、后头痛。

7　太冲穴是足厥阴肝经的输穴，也是原穴，具有平肝潜阳、平降肝火的作用，可治疗肝火上炎、肝阳上亢的头痛。

8　大敦穴是足厥阴肝经的井穴，井穴都位于手足指（趾）的末端，刺井穴放血具有上病下取、引邪下行、平降逆气之功。大敦穴放血为釜底抽薪之法，对于肝经热盛、肝火上炎的头巅顶痛有很好的止痛效果；足窍阴亦为井穴（足少阳胆经），在此放血与大敦意义相同，但其可疏通少阳壅滞之气血，对于偏头痛、目眩、目赤肿痛等头目疾患有良效。

9　阳陵泉是足少阳胆经的合穴，合穴是本经气血汇集之处，有调理气血、疏通经脉的作用。

神针下胎华元化,腰痛立瘥李夫人

故事 讲

《三国志·华佗传》中还记载了华佗的另一个故事。

有一位姓李的将军,他妻子得了脊背痛的病,痛得很厉害,于是请华佗来家诊治。华佗为李夫人切脉后说:"夫人这是怀胎,胎儿已经死了,但没能排出来。"李将军说:"胎儿确实是已经死了,但已经排出来了。"华佗说:"据我切脉来看,胎儿没有排出啊。"李将军认为华佗说得不对,于是华佗告辞离去。后来李夫人觉得脊背痛稍微好些,但过了一百多天后疼痛又发作了,于是又请华佗来看。华佗说:"从脉象上看,应该有两个胎儿,一个先娩出了,但因出血太多,后面的胎儿没有及时产下。母亲自己没有感觉，其他人也想不到，就不再接生了，因此第二个胎儿就没有产出。胎儿死了，血脉不能供养，必然会干燥，会贴附在母亲的脊背上，就造成了严重的脊背痛。现在应当施以汤药，并进行针刺，这个死胎必定产下。"于是华佗给李夫人开了汤药，又为她扎针。服药、扎针后，李夫人腹中疼痛，有急欲生产之意，但就是生不下来。华佗说："这个死胎日久干枯，不能自己排出来，最好找人把他掏出来。"于是又找人去掏，果然掏出一个已死的男婴，这个死胎手足齐全，颜色发黑，体长约有一尺。死胎出来后，李夫人的脊背马上就不痛了。

出自《三国志·华佗传》

针说理

（一）历史上真有针刺助产的吗？

古人是否用针刺方法助产我们不得而知，但是确有用针灸坠胎的历史文献，除了《三国志·华佗传》外，还有其他一些记载，《南史·徐文伯传》就记录了南北朝时期的大医学家徐文伯的一个故事。在南北朝时期的宋朝，有一个荒淫残暴的皇帝叫刘子业，谥号废帝，此人生性暴戾，草菅人命。一次他和徐文伯外出游玩，在花园门口碰见一位孕妇，略知脉学的宋废帝诊脉后认为该孕妇怀的是女孩。文伯诊后则认为是双胞胎，而且是龙凤胎，一男一女。性情急躁的宋废帝不信，便残忍地要剖腹验证。面对这泯灭人性的决定，徐文伯实在不忍，但又无法阻止，于是便对刘子业说，不用剖腹，我用针刺即可让她分娩。于是徐文伯就用针泻足太阴经的三阴交穴，补手阳明经的合谷穴。不一会儿，两个胎儿先后落地，果然如他所说是一男一女。那位孕妇也因此得以保全了性命。（《南史·徐文伯传》）古代多篇文献都有类似的记载，应该不是凭空虚构的。在2000多年前就能采用针刺帮助分娩，也说明我们的先人确实具有高超的技术和胆识。

还有一个故事更有意思，说的是北宋名医庞安时为一个难产7天的孕妇接生的事。有位妇女将要生产，但过了7天，孩子还是生不下来，药物、符水都不奏效，只好等死。有个名医李几道去看了以后对孕妇家人说："这种情况吃什么药都没有用，只有针刺还可一试，但我的技术还没到这一步，不敢下手。"于是就回家去了。恰好李几道的师父庞安时到了他家，于是李几道就跟师父说了这事。关系到母子两条生命，庞安时决定去看看。两人一同来到孕妇家。一见那孕妇，庞安时就连声说："不会死，不会死！"他让孕妇家人用热水暖她的腹部和腰部，然后手中藏针，上下抚摸孕妇的腹部。那孕妇便觉得肠胃略略有点痛，随着呻吟，一个男婴生了下来，母子都安然无恙。孕妇家人惊喜异常，像敬神一样拜谢他，但又不知他用的是什么方法。庞安时说："孩子已经出了胞胎，但有一只手错抓了他母亲的肠胃，不能解脱，所以即使吃药也没办法。刚才我隔着孕妇的肚皮，摸到胎儿的手在什么地方，用针刺了孩子的虎口（即合谷穴）。他一疼痛，就缩了手，所以很快就生下来了，我没有用别的什么法子。"说完，要人把孩子抱过来看，孩子右手的虎口上真有针刺的痕迹。（《古今医案按·卷第九·难产》）当然这应是戏说，有些夸张，无非是渲染庞安时医术精妙的程度，但也说明古人确实有用针刺帮助生育的方法。

庞安时（约1042—1099年），字安常，蕲水（今湖北浠水县）人，自号蕲水道人，被誉为"北宋医王"。庞安时出身于世医家庭，自幼聪明好学，读书过目不忘。他医术精湛，能急患者之急，行医不谋私利，常让来诊者在自己家里住下亲自照料，直至治愈送走。庞安时既精于伤寒，又熟谙温病，内妇儿科，皆有研究，是一位拥有广泛实践经验的医家。他晚年参考诸家学说，结合亲身经验，撰成《伤寒总病论》六卷，对仲景思想做了补充和发挥。其突出特点是着意阐发温热病，主张把温病和伤寒区分开来，这是对外感病学发展的一大贡献。

（二）针刺真的可以助产吗？

针刺确实可以助产，在古代文献中有大量的记载，最早记述的文献应当是晋朝著名针灸学家皇甫谧的《针灸甲乙经》，"女子字难，若胞不出，昆仑主之"，"字"在古汉语中有"生子"的意思，本句是说如果女子难产，胎儿不能下来，可以针刺昆仑穴（昆仑穴在足外踝尖与跟腱的中间，是足太阳膀胱经的腧穴），首次提出了难产的针灸方法，可以说是针刺助产的最早记录。唐代大医学家孙思邈在他的《备急千金要方》中，专列妇人三卷，其中有关针灸下胎的记述颇多，如"难产针两肩井，入一寸泻之，须臾即分娩""字难，若胞不出……刺昆仑，入五分，灸三壮""妇人欲断产，灸右踝上一寸，三壮即断"。这些论述对后世影响较大。此后，从晋唐至明清，针灸下胎法一直被古代医家沿用，临床疗效灵验。光有文字记载的书籍就有100多部，可见针刺助产由来已久，是古人助产的主要方法之一。

到了现代，妇女生产大多靠西医，针灸已经不是助产的主要方法，但一些医院产科仍有用针刺的方法帮助生产的，因为针刺具有见效快、痛苦小、无副作用的优势。国内有人对110例第一产程活跃期进展异常、宫缩乏力的临产妇取合谷、三阴交针刺助产，临床有效率为79.17%，与催产素的临床有效率81.8%有相同的临床催产效果。催产素产生的快频率宫缩和高子宫活动力在加速产程进展上并无优势，相反可能给产妇带来更多的痛苦，也有可能增加胎儿宫内窘迫的发生率及新生儿窒息率。针刺催产能够减轻临产后的宫缩痛，降低胎儿宫内窘迫的机率，有利于优生优育。还有人对100例初产妇进行催产，使用电极板刺激三焦俞（正极）、次髎（负极）等穴位，结果第一产程与总产程皆缩短3小时左右，而且不增加难产率。

2015年6月的一天，北京中医药大学东直门医院针灸科主任王军在朋友圈发了一条微信："各位朋友，在针刺麻醉下，爱人无痛分娩，女儿阳阳顺产，体重6斤4两，一切顺利，母女平安！"我问道："针刺麻醉，谁做的？是你亲自操作的吗？"答："北京市妇产（医院）可以陪产，我就沾光了，亲自下手，比预计提前45分钟开始生产，针刺麻醉助产可信。"

不仅在中国，外国也有医院用针刺的方法帮助生产，如德国Hagen市的圣·约翰妇产医院于1986年至1992年开展针灸助产研究，通过1000例总结，发现65%有显著疗效，60%的产妇非常满意。

中捷中医中心位于捷克小城赫拉德茨－克拉洛韦，于

2015 年 9 月开张。捷克医生穆司为捷方业务负责人，他本人也在学习中医，并已获得针灸从业资格。2017 年 4 月，穆司的妻子生孩子时产程不顺，还特别疼。当时穆司在妻子的合谷穴上扎了几针，结果一小时后孩子就生下来了。针灸的神奇疗效令不少医护人员赞叹，这个故事在捷克的产科传开后，穆司更收获了新名字"穆一针"，很多孕妇排队前来预约，希望将来也能接受针灸助产。

（三）针刺为什么可以助产？

中医理论认为，胞宫作为孕育胎儿的器官，与多条经脉相联系，十二经脉中的足少阴肾经、足厥阴肝经、足太阴脾经以及冲、任、督脉都与胞宫有直接或间接的联系，而且正是由于这些经脉输送养分，胞宫才能孕育胎儿并使其发育成熟。所以刺激这些经络既可以使胞宫容易受孕，又可以帮助分娩。分娩时针刺可通过理气、行血、调气的作用，推动血液在脉管中疾行，使之不能聚而养胎，气胜而阴血不聚，可终止妊娠。对加速产程及减少产后出血、减少胎儿宫内窘迫、加强宫缩均有较好的效果，且无不良反应。

知识拓展 **现代医学研究**

针刺助产的作用

从现代医学研究来看，针刺助产主要有以下四个方面的作用。

1. 收缩子宫，缩短产程

针刺能有效缩短第一、第二产程，增强子宫收缩强度，减少催产素使用剂量，尤其对于延长宫缩持续时间、缩短宫缩间歇时间有显著效果。其机制可能是通过调整雌二醇、孕酮、前列腺素等与分娩有关的激素水平实现的。

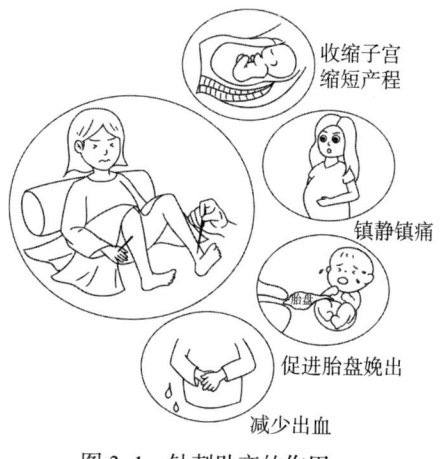

收缩子宫缩短产程

镇静镇痛

胎盘

促进胎盘娩出

减少出血

图 3-1　针刺助产的作用

产程：从规律性子宫收缩开始到胎儿胎盘娩出为止的全过程称为"总产程"。总产程在临床上分为三个阶段，即三个产程。

第一产程是从临产到子宫颈口开全的一段时间，初产妇平均 11~12 小时，经产妇只需 6~8 个小时。

第二产程是从宫口开全到胎儿生出的一段时间，初产妇需 1~2 小时，经产妇一般在数分钟即可完成。

第三产程是从胎儿生出到胎盘排出的一段时间，初产妇与经产妇相似，一般需要 5~15 分钟。如果胎儿生出后 30 分钟胎盘仍不排出，则需在严密消毒后由医生用手取出胎盘。

2. 镇静镇痛，减少痛苦

分娩是一件既高兴又痛苦的事情，胎儿经产道娩出过程中，子宫平滑肌的收缩可引起子宫肌层缺血，从而导致一些致痛物质释放；同时，子宫下段及宫颈部扩张、延伸，刺激机械感受器，这些伤害性刺激沿着感觉神经与交感神经的神经通路进入脊髓背角，从而产生分娩痛。针刺有良好的镇静镇痛作用，一是提高了痛阈，抑制了交感神经活动及对疼痛的应激反应，使产妇情绪稳定，疼痛耐受性提高；二是针刺能抑制生产过程中 P 物质（一种致痛物质）的释放，从而产生镇痛效应。

3. 促进胎盘娩出

针刺的宫缩作用可大大促进胎盘的娩出，有人统计，针刺对经较长时间不能娩出即胞衣不下者的总有效率达84.10%。

4. 减少出血量

针刺可以使微血管收缩，改变子宫血供，引起子宫缺血缺氧，从而使宫缩增强，同时促进凝血，减少出血。

📝针刺可以促进剖宫产后子宫复旧

妇女生产后，子宫在胎盘娩出后逐渐恢复至未孕状态的过程称为子宫复旧。由于不少产妇畏惧生产时的疼痛，多采用剖宫产，有不少研究表明，剖宫产术后子宫复旧明显差于自然分娩。子宫复旧不良会导致产后宫底下降缓慢、恶露量增多、恶露持续时间延长，甚至发生产后出血或产褥感染，可影响产妇的健康，所以尽快使子宫复旧就成为一件很有临床意义的事。目前尚无一种疗效显著的方法可以促进子宫快速复旧，现代医学一般采用缩宫素、米索前列醇等药物促进产后子宫收缩来达到促进子宫复旧的目的。有人进行了针刺促使子宫复旧的研究，发现针刺能够促进子宫收缩，减少产后出血量，缩短恶露持续时间，加快剖宫产产妇子宫复旧，其安全性及耐受性良好。

（三）针刺是否也可以抗早孕？

抗早孕就是人工流产。近年来国内外人工流产的数量在逐年增加，由于对手术的恐惧，目前许多女性青睐于选择非手术的方法终止早期妊娠。采用米非司酮联合米索前列醇终止早期妊娠是目前最为广泛应用的非手术方法。但该方法仍然存在一定比例的失败，需要行清宫术，并存在腹痛、恶心、呕吐、阴道出血时间过长等副反应，给女性患者带来巨大的痛苦和不便。如果有一种方法可以提高完全流产率，减轻药流带来的不良反应是最好不过的了。

既然针刺可以助产，那么是否也可以抗早孕？答案是肯定的。针刺抗早孕，一般是指孕妇在怀孕 3 个月内用针灸疗法终止妊娠。有人做过研究，发现怀孕在 50 天以内进行针刺，终止妊娠的效果都很好，总有效率在 90% 以上。还有临床研究表明，针刺合谷、三阴交能够减轻药物流产引起的下腹痛，并能缩短排囊时间。

这也给针灸工作者提了个醒，给女患者针刺时要注意有无怀孕，如果怀孕了最好不要针刺具有催产作用的腧穴，以免造成流产。孕妇禁用的腧穴有会阴、曲骨、中极、关元、石门、气海、阴交、合谷、少泽、三阴交、缺盆、昆仑、肩井等。

助产点穴
小处方

【处方】合谷、三阴交、独阴、曲骨、耳神门。胎位不正：至阴。

【取穴】

🎯**合谷** 位于手背第1、第2掌骨之间，近第二掌骨之中点处。

简易取穴法：当拇、食指并拢时，在第一骨间背侧肌隆起之中央处；或以一手的拇指指骨关节横纹，放在另一手拇、食指之间的指蹼缘上，当拇指尖下是穴。

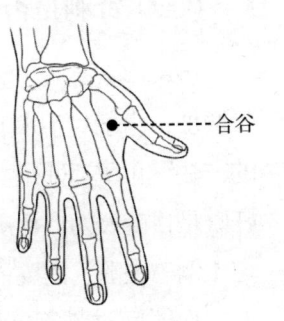

图3-2 合谷

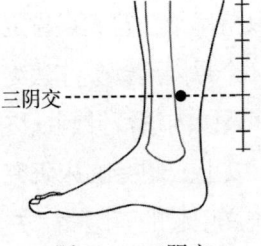

图3-3 三阴交

🎯**三阴交** 在小腿内侧，当足内踝尖上3寸，胫骨内侧缘后方。

简易取穴法：手四指并拢伸直，小指下缘靠内踝尖上，食指上缘所在水平线与胫骨后缘交点处即是三阴交穴。

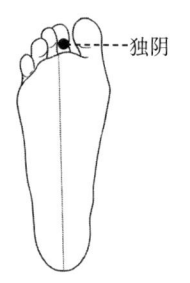

图 3-4　独阴

独阴　在足第 2 趾掌面，远端趾节横纹中点取穴。

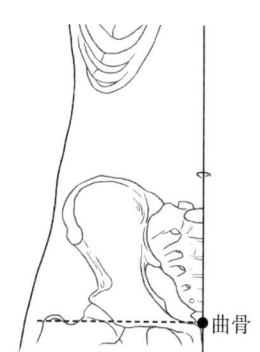

图 3-5　曲骨

曲骨　仰卧，在腹正中线，耻骨联合上缘凹陷处。

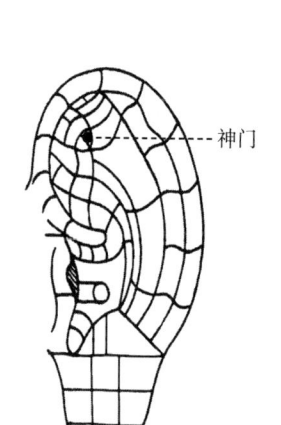

图 3-6　耳神门

耳神门　在耳朵里面的三角窝后 1/3 的上端，对耳轮上下脚分岔处稍上方。

至阴　足小趾外侧，距趾甲角旁 0.1 寸。

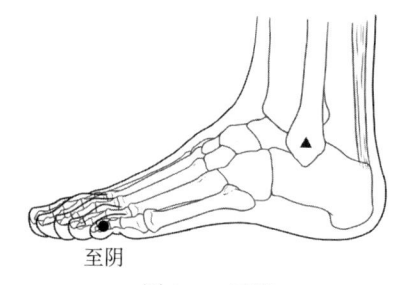

图 3-7　至阴

39

1 　　术者用一手握住产妇一侧手腕，另一手除拇指以外的四指握住产妇手掌，拇指用力按压住合谷穴并旋转，至有酸胀痛感后放松片刻，然后再次按压，至胎儿娩出。

2 　　术者用一手固定住患者脚踝，一手拇指用力按压产妇一侧三阴交穴并旋转，至有酸胀痛感后放松片刻，然后再次按压，至胎儿娩出。

3 　　术者以一手拇、食二指夹持住产妇足第二趾，拇指在上，食指在下，以食指指尖用力掐独阴穴，反复操作，至胎儿娩出。

4 　　术者立于产妇一侧，以一手中指按压产妇曲骨穴，中等力度旋转揉摩，局部有胀感即可，时间长短视情况而定。

5 　　用揿针或王不留行籽贴敷按压耳神门穴。

6 　　如胎位不正，每日用艾条灸至阴穴 10~20 分钟，至胎位转正。

应用

1　合谷、三阴交穴是古代最常用的下胎穴位，针刺合谷、三阴交是历代医家用于难产的重要方法，至今仍为临床广泛应用。《针灸大成》载有"妇人难产，独阴、合谷、三阴交""合谷，妇人妊娠可泻不可补，补则附胎"。《千金翼方》：三阴交治"产难，月水不禁，横生胎动。"《胜玉歌》："阴交针入下胎衣。"

2　独阴为经外奇穴，多用于治疗心绞痛、胸胁痛、呕吐等急症，与合谷、三阴交相配可用于难产（总产程超过 24 小时）及胎盘不下。

3　指压曲骨穴可预防耻骨上部产生疼痛。

4　耳神门有良好的镇静镇痛作用，可用于各种疼痛。分娩镇痛可配合耳穴子宫（耳三角窝前 1/3 凹陷中）。

5　至阴穴有转胎功能，用于胎位不正。正常生产应当是头部先娩出，如果是手足或臀部先出即为胎位不正，古代称"横产""逆产"。《千金翼方》说："妇人逆产足出，诸药不效，灸小趾尖三壮，炷如小麦大。"古代只有在生产时才能发现胎位不正，现在在怀孕期间或生产前就可发现，用艾条灸至阴穴可以帮助胎位复正。

讲故事

南北朝（公元 420—589 年）时期，钱塘县（今浙江杭州市）有一个名叫徐秋夫的医生，曾当过射阳县（现隶属江苏省盐城市）令，其父为晋代名医徐熙。徐秋夫自幼从父学医，尤

擅针术，很有名气，一般疑难杂症都能手到病除。他家住在湖沟桥东，一天夜里，天空中忽然传来一阵阵的呻吟声，听起来十分痛苦。他赶紧起来，跑到呻吟声发出的地方，仰面对着天空问道："你是鬼吗？为何如此痛

苦？是因为饥饿寒冷吗？需要衣服和粮食吗？还是得了病需要治疗？"只听半空中的"鬼"说道："我本是东阳县人，姓斯，名僧平（《南史·张融传》载："鬼姓斛名斯"）。生前本为乐游吏（管乐游苑的工作人员），因患腰痛病而死，如今流落到湖北。我虽然为鬼，但因病痛折磨，就同活在世上的人一样难受。听说你医术高明，所以冒昧来求你给我治一治。"听闻此言，徐秋夫感到十分为难，便说："你没有身形，我怎么给你治呢？"鬼说："这个不难，你用茅草扎一个草人，按穴位针刺，针后把茅草人放入流水中就可以了。"徐秋夫就按照"鬼"说的扎了一个茅草人，在其腰俞穴和肩井穴两处扎上银针，又对茅草人祭祀了一番，然后才叫人把茅草人投到屋后面的湖水中去。第二天晚上，徐秋夫睡着后梦见鬼对他说："我的腰痛病已经被你治好了，还享用了你馈赠的食物，十分感谢你的厚意。"因为徐秋夫医术精湛，宋元嘉六年朝廷给了他奉朝请（一种待遇优惠的闲散职称）的待遇。

出自《续齐谐记》《南史·张融传》

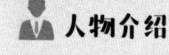 **人物介绍**

徐氏家族——名医辈出的御医世家

中国历史上有一个七代行医的大家族——徐氏家族。徐家从医基业的创始人叫徐熙，曾做过南北朝时期南朝宋濮阳太守，据说受一道人真传，医术名震天下。徐熙的儿子就是故事的主人公徐秋夫，他继承父业，也成了一位有名的医家。徐秋夫有两个儿子，徐道度和徐叔响，医术也十分高超。特别是徐道度，内外科都很擅长，著有《疗脚弱杂方》，是目前世界上最早的治疗脚气病的专著。徐叔响则对针灸、小儿科、本草学等都有研究，且著述丰富。徐道度有一子名徐文伯，徐叔响有两子名徐嗣伯、徐成伯，这三个人的医术成就都很大，徐氏家族的医名由此进入巅峰时期。徐文伯的儿子徐雄和徐成伯的儿子徐践承袭家业，也比较有名气。徐家第六代的徐之才、徐之范又给徐家医术带来了一代辉煌。徐之才是徐氏家族七代名医中最出色的一位，他曾经侍奉过梁国魏帝、东魏孝静帝、北齐文宣帝、武成帝等多个皇帝，足见他医术高超。徐之范也曾任北齐尚药典御，官至太常卿，也是皇宫中有名的医生。徐家第七代较为知名的是徐之范之子徐敏斋，他博学多才，也颇有成就，不过自此以后，徐氏家族的医学成就渐渐走向了没落。

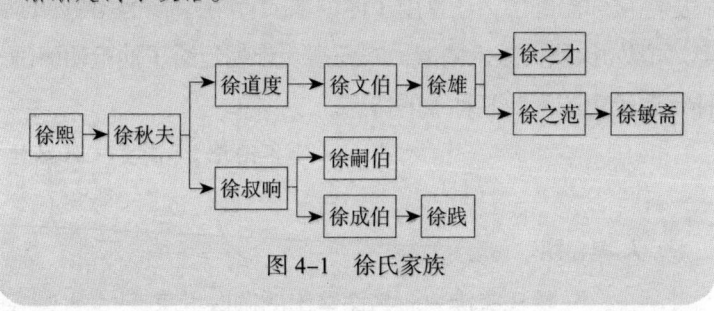

图 4-1　徐氏家族

针说理

这个故事是不是很荒诞？怎么腰痛还能死人？人死了变成鬼，鬼怎么还会腰痛？为什么扎茅草人的腧穴就能治鬼的腰痛？真是天方夜谭！且不管这个故事的真实性，我们就其中几个关键的问题来谈谈。

（一）为什么腰痛会这么严重？

腰痛是大多数人都经历过的一种病症，特别是年龄偏大的人，腰痛更是常见。为什么腰痛的患者这么多呢？这是由腰的解剖和生理特点决定的。为了说清楚这个问题，我们先来了解一下我们的腰。

腰位于身体的中部，上为胸背部，下为臀部，腰部有强大的骨组织和肌肉组织。先来看骨组织。腰椎共有5块，腰椎与胸椎的不同之处在于椎体粗大、棘突宽大、横突较长。为什么会这样？这是人类进化的结果。因为腰部要承受较大的压力和扭力，所以腰椎就变得粗大，结实。相邻的两个椎体之间有一个软组织——椎间盘，椎间盘由外面的纤维环和被包裹在中间的髓核组成，就像一个垫子垫在两块椎体之间，将上下两块椎体紧紧地连在一起，它起到缓冲上下两端压力的作用，同时也

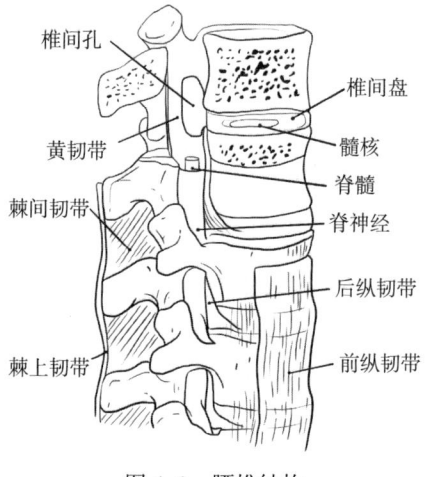

椎间孔　黄韧带　棘间韧带　棘上韧带　椎间盘　髓核　脊髓　脊神经　后纵韧带　前纵韧带

图4-2　腰椎结构

使腰部能向各方自由活动。腰椎的各个椎体和椎间盘靠什么连接在一起并维持它们的稳定性呢？要靠包裹在外面的软组织，与它们衔接最紧密的就是各种韧带。其中有椎体前方的前纵韧带、椎体后方的后纵韧带、椎管后壁的黄韧带、两个棘突间的棘间韧带和棘突上方的棘上韧带。除了韧带，还有肌肉，腰部的主要肌肉有腰大肌、腰方肌、骶棘肌、背阔肌、髂腰肌，还有上下两椎体横突间的横突间肌等。众多的韧带和肌肉，保证了腰椎的稳定和腰的正常功能活动。

虽然有众多的保护装置，但腰部是人体的运动枢纽，活动度较大，如果腰部受到强大的外力打击，如重物压迫、外力撞击、猛力扭转等，仍会造成损伤，如急性腰扭伤。另外，随着年龄的增加，组织器官生理性衰老，功能退化，腰部更易受到伤害，如椎间盘的病变，极易发生椎间盘突出，如果突出的椎间盘压迫了坐骨神经，不仅出现腰痛，还会出现下肢疼痛。有时这种疼痛十分剧烈，严重影响生活和工作，甚至痛不欲生。斛斯可能就是这样被痛死变成鬼的，即使变成了鬼，仍然要受腰痛的折磨，成了腰痛鬼。可见腰痛的厉害了！

如果急性腰痛没有得到及时有效的治疗，也有可能变成慢性腰痛，这种慢性疼痛表现为时发时止或时轻时重，常常在劳累后发作或加重，有时也与天气变化有关。

知识拓展 还有什么疾病可以出现腰痛？

除了以上所说的外力因素外，还有一些疾病可以导致腰痛，主要有以下几点。

（1）泌尿系统疾病：如急慢性肾盂肾炎、肾肿瘤、肾结石、输尿管结石、肾结核、肾下垂、肾周围脓肿、前列腺炎、前列腺瘤等。

（2）消化系统疾病：如消化道溃疡、慢性胆囊炎、胆结石、胰腺癌、直肠癌等。

（3）生殖系统疾病：妇科疾患，如附件炎、子宫体炎、子宫后倾、盆腔肿瘤、子宫脱垂、盆腔充血、经期紧张等。

所以不要小看腰痛，它背后有好多故事呢！

（二）针灸为什么可以治疗腰痛？

根据病势及病程的不同，可以将腰痛分成两类。

一类是急性腰痛，大多因跌仆闪挫或感寒受风引起，发病较急，疼痛也较剧，有的患者甚至行动困难。对这样的腰痛，针灸疗法往往有意想不到的效果，可以用立竿见影来形容。

另一类是慢性腰痛，慢性腰痛虽然疼痛不重，但病程较长，病因也比较复杂。其中有一部分由急性腰痛治疗不及时或方法不对迁延而来，也有许多是其他脏腑病变牵涉所致，中医多责之为肾虚或肝肾不足。这类腰痛不容易治愈，治疗起来也比较棘手，但通过针灸也能取得良好疗效。总之，针灸是治疗腰痛的有效疗法。

为什么针灸可以治疗腰痛呢？这要从经络的循行说起，人体有十二经脉，还有奇经八脉，其中十二经脉中的足太阳膀胱经和奇经八脉中的督脉都走行于腰部。足太阳膀胱经从眼睛内侧的睛明穴起，经过头部、颈项、背部到腰部，然后再从腰走向下肢。督脉则从尾骨端的长强穴起，向后沿脊柱中央走向头部，最终止于上唇和上齿龈之间的龈交穴。如果这些经脉受伤，气血阻滞，运行不畅，就会出现疼痛，即"不通则痛"。针灸疗法可以疏通经络，运气活血。而中医又有"经脉所过，主治所及"的说法，就是说针刺可以治疗经脉所过部位的疾病，所以针刺可以疏通足太阳膀胱经和督脉的经气，使"通则不痛"。另外，根据腰痛的特点和发病原因，同时选择相应脏腑的经络和腧穴进行针灸，可以提高疗效。比如根据"腰为肾之府"的理论，通过针刺与肾相关的腧穴就可以治疗腰痛。

　　这也是斛斯求秋夫为自己针刺的原因。

（三）为什么腰痛要针"腰俞穴"？

　　故事中秋夫扎的"腰俞穴"实际上是"肾俞穴"，是足太阳膀胱经上的一个穴位，在第二腰椎棘突下旁开 1.5 寸处。为什么腰痛要扎这个穴？要回答这个问题，就要先讨论一下中医是怎么看腰痛的。

　　中医有个说法，"腰为肾之府"，是说腰部是肾脏所在的部位。而中医认为肾脏是人的先天之本，主管人的生长发育，同时也和骨骼的形成和生长关系密切，故有"肾主骨"之说。随着年龄的增大，肾脏也逐渐虚弱，就是人们常说的"肾虚"，所以老年人腰痛的发病率比较高，中医治疗腰痛往往从补肾着手也是这个道理。

　　但现代医学有不同的观点，现代医学不认为肾脏与腰痛有必然的联系。这是因为中西医对于"肾"的内涵认识不同。实际上中医的"肾"与西医所说的"肾"不完全是一回事。中医的"肾"除了包含西医的"肾脏"外，还包括了一个人体重要的内分泌器官——肾上腺。之所以称为"肾上腺"，是因为其位于两侧肾脏的上方。可千万不能小看了这个肾上腺，虽然它的重量和体积不大，每个肾上腺重约 7g，只有肾脏重量的约 1/20；长约 5cm，宽约 3cm，厚约 1cm，只有肾脏体积的1/3，但它的作用却远非肾脏可比。肾脏主要是人体的泌尿器官，同时也分泌少量的激素。而肾上腺所分泌的糖皮质激素、盐皮质激素、肾上腺素和性激素等，在维持人体生长发育和正常生理活动中具有十分重要的作用，肾上腺功能减退，全身功能都会衰退。所以说，中医讲的"肾虚"实际上是肾上腺功能的减退。而腰痛可以说是全身功能衰退的一个局部表现，而腰部受力大，活动多，因此容易较其他部位更早出现症状。所以中医说腰痛是肾虚的表现是有一定根据的。

再看肾俞穴所处位置的解剖结构，它的下面是腰背筋膜，在腰最长肌和髂肋肌之间，有第二腰动、静脉后支，分布有第一腰脊神经后支的外侧支，深层为第一腰丛。许多腰痛都是由于腰肌紧张，或卡压腰脊神经后支所致，针刺这个穴可以有效缓解腰背肌的紧张状态，解除对腰脊神经后支的卡压，因此有较好的疗效。

腰痛点穴
小处方

【**处方**】腰痛点、手三里、肾俞、委中

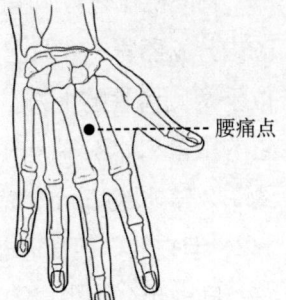

【取穴】

腰痛点 在手背第2、第3掌骨间中点。

图4-3 腰痛点

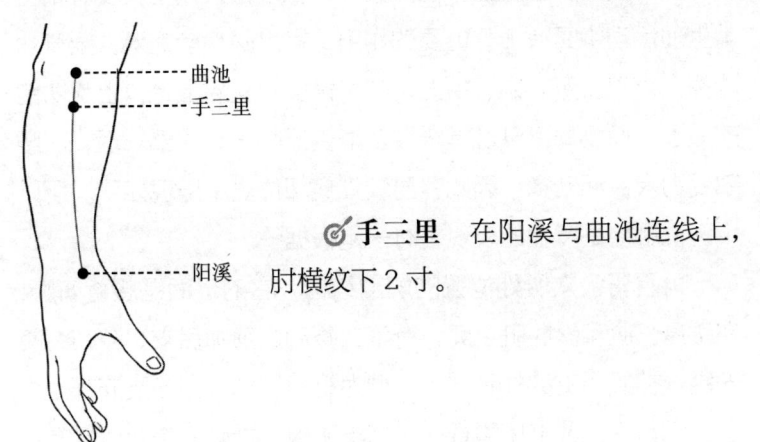

图4-4 手三里

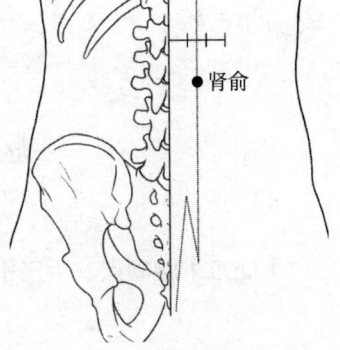手三里 在阳溪与曲池连线上，肘横纹下2寸。

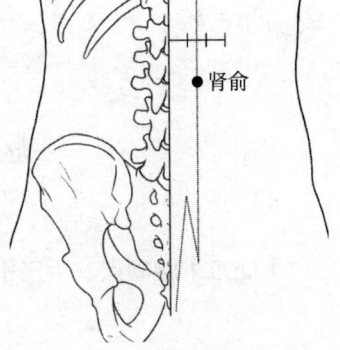肾俞 在第2腰椎棘突下旁开1.5寸（距后正中线大约两指宽），是足太阳膀胱经的穴位。

图4-5 肾俞

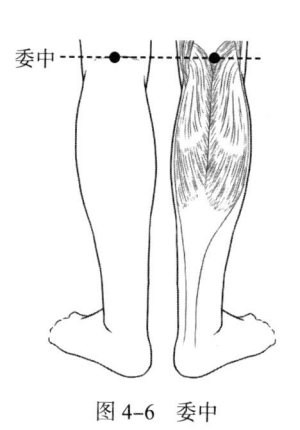

🎯**委中**　在腘窝的中点。

图 4-6　委中

🖐️ 操作

1　患者直立位，伸掌，掌背向上，术者用一手持住患者手掌，一手拇指点压住腰痛穴，逐渐用力 15~30 秒，至局部有酸胀甚至痛感，同时让患者活动腰部，幅度由小到大，然后放松片刻。再次点压，反复 3~5 次，至腰痛缓解。右侧腰痛点左侧，左侧腰痛点右侧，两侧都痛同时点两侧。

2　患者双臂平举屈曲，术者双手端握患者前臂上端，以双手拇指按压住患者双侧手三里穴，同时用力并旋揉，当患者有酸胀感时，让患者做腰部旋转俯仰运动，幅度由小到大，当患者疼痛有所减轻时，再让患者做下蹲动作。反复数次，至疼痛完全缓解。

3　患者俯卧位，术者立于患者一侧，以双手拇指分别置于两侧肾俞穴上，用力按压并旋揉，使局部有酸胀重感，约 30 秒后放松片刻，然后再次按压，反复 3~5 次。点穴后在穴位上拔火罐 10 分钟。

4 　术者立于患者一侧，以双手拇指分别置于患者两侧委中穴上，用力按压并旋揉，使局部有酸胀重感，约 30 秒后放松片刻，然后再次按压，反复 3~5 次。

应用

1 　腰痛点是经外奇穴，是治疗急性腰扭伤的有效穴位，操作要点都是边按压边活动。

2 　手三里为手阳明大肠经穴，具有通经活络、消肿止痛、清利肠腑的作用，不仅可以治疗急性腰扭伤，还可以治疗慢性腰肌劳损。

3 　肾俞是足太阳膀胱经上的腧穴，不仅可以治疗急性腰痛，还可以治疗慢性腰痛，治疗慢性腰痛可以配合命门（在第 2 腰椎棘突下，与肾俞平，督脉的穴位）、大肠俞（在第 4 腰椎棘突下旁开 1.5 寸）、腰阳关（在第 4 腰椎棘突下，与大肠俞平，督脉的穴位）、太溪（在足内踝与跟腱之间，是足少阴肾经的腧穴）。

4 　委中穴是足太阳膀胱经的合穴，足太阳膀胱经走行于腰背部，每一侧的足太阳膀胱经在腰背部都分成两条经脉并行而下，最后在委中穴汇合，刺激委中穴可以同时疏通两条膀胱经，所以委中穴是治疗腰背痛的重要腧穴，故古人有"腰背委中求"的说法。

刺史痹痛挽弓不能，甄权技高一针收功

讲 故事

唐代有位著名医家名叫甄权（公元541—643年），是许州扶沟（今属河南）人。他弟弟叫甄立言，兄弟二人都因母亲常年体弱多病而潜心学医。甄权后来也因医术而出名，尤其精通针灸术，有一个病例可说明他的针术水平。

隋唐时期，有个鲁州（今山东）刺史叫库狄嵌（qì），患了风痹证，痛苦难忍，两手不能随意活动，更不能拉弓射箭，请了许多医生医治，均未奏效。后来找到甄权，甄权对他做了认真仔细的检查，然后对他说："你只管拉弓搭箭，对准箭靶，我只须给你扎一针，保你应时能

射。"说着就让库狄镢拉满弓搭上箭，然后在他肩部的肩髃穴刺了一针。出针后，库狄镢松弓一射，正中靶心，众人喝彩。

甄权也通晓养生术，贞观 17 年（公元 643 年），唐太宗曾亲自登门向他咨询药性，并关照他的饮食，赐给他衣服、几杖，并授他朝散大夫（cháo sàn dà fū，文官官职，五品）的官职。可惜不久他就去世了，享年 103 岁。撰有《脉经》《针方》《明堂人形图》各一卷。

出自《旧唐书·列传·卷一百四十一》《医学入门》

针说理

（一）认识肩痛病

1. 为什么很多人都会得肩痛病？

肩膀痛是临床常见病，许多人都曾有过肩痛的病史。为什么肩痛病这么多见呢？这要从肩关节的解剖结构说起。

肩关节由肩胛骨的关节盂和肱骨头组成，属于球窝关节，其特点是关节盂小，肱骨头大，关节囊松弛，这个特点使得肩关节成为人体最灵活、活动范围最大的关节。大家都看过体操比赛，体操比赛中的单杠、双杠、吊环、高低杠等体操动作都要用到肩关节，特别是单杠中的单臂大回环等动作，都要靠肩关节的力量和灵活性来完成。而肩关节的灵活性是建立在稳定性基础上的。肩关节的稳定性主要靠其周围强大的肌肉、肌腱和韧带等众多软组织的协调来维持，这些软组织之间的运动则有众多滑液囊的参与。

以上的解剖特点以及高强度、高灵活性的运动，造成了肩关节具有极大的不稳定性。这种不稳定性使得肩关节周围的软组织容易受到损伤而产生炎症，出现疼痛。这些软组织损伤又易产生粘连、疤痕和挛缩，从而使肩关节的活动受限。这就是肩痛症好发的原因。

2. 肩痛病和痹证是怎么回事？

这个故事的历史文献记载为库狄嶔因"风痹"不能引弓，由此来看，库狄嶔的肩痛是因"痹"而起。

"痹"是个形声字。形旁从疒（nè），疒意为生病；声旁从畀（bì），畀意为"蒸架"。"疒"与"畀"联合起来表示一种肌体僵硬症状：患者肌肉僵硬不能活动，只有呼吸还在正常进行，活像一个只能透气的蒸架。所以痹的本义是一种全身不能动弹，只能呼吸的疾病。中医所谓的"痹证"，指由风、寒、湿等引起的肢体疼痛或麻木的病。另外，"痹"者"闭"也，就是闭阻不通的意思，"不通则痛"，所以其痛苦难忍，影响活动。

痹证是怎么得的？早在2000多年前的《黄帝内经》中就有介绍，《素问·痹论篇》说："风、寒、湿三气杂至合而为痹"，是说外界的风、寒、湿三种邪气相杂而至，侵犯人体，就会得痹证。其中"风气胜者为行痹，湿气胜者为着痹，寒气胜者为痛痹"，是说如果三气中以风气为主而得的叫行痹，这种痹以游走性疼痛为主要临床表现；以湿气为主而得的叫着痹，这种痹以身体重着疼痛为主要临床表现；以寒气为主而得的叫痛痹，这种痹以剧烈疼痛为主要临床表现。

痹证的临床表现除了肩痛外，还可有其他关节和肌肉的疼痛，影响广泛。如果以疼痛的部位来命名的话，肩痛就可称为

"肩痹"，膝关节痛就可以称为"膝痹"，颈项痛可以称为"项痹"，浑身疼痛则称之为"周痹"。由此可知，痹证是一种全身性的以疼痛为主要临床表现的疾病。

知识拓展 🔍 **肩痛就是肩周炎吗？**

1. 肩周炎是怎么回事儿？

说到到肩痛，大家自然会想到肩周炎。

肩周炎的全称是肩关节周围炎，顾名思义，就是肩关节周围软组织的炎症。如果从字面上讲，所有肩关节周围的软组织发生病变都可称之为肩周炎。但是目前大家印象中的肩周炎是特指那种肩关节活动受限的肩痛症，即"冻结肩"。这种肩周炎（冻结肩）因其为感受风寒引起，所以又称"漏肩风"；又因它影响肩部运动，肩关节就好像被凝固住一样，所以又称为"肩凝症"；又因它多发生在 50 岁左右人群，故又有"五十肩"之称。从以上称呼就可以知道，它多发于 50 岁左右人群，因感受风寒所致，临床表现有肩痛、昼轻夜重、喜温恶寒、关节活动受限等。

这种肩周炎的病机比较复杂，涉及到解剖因素、损伤因素、内分泌改变因素以及气候因素等。由于这些因素的影响，肩关节的滑液囊产生广泛的炎症，炎症导致各关节囊的粘连，其结果是肩关节的功能活动严重受限。这种肩周炎是一种自限性疾病，自限性疾病是可以自行恢复的疾病，也就是说肩周炎可以自行恢复。肩周炎病程一般分为三期，第一期是急性期，以疼痛为主，呈渐进性加重，痛势较剧；第二期是冻结期，以功能活动受限为主，肩关节各项活动均受限，严重影响工作及生活；第三期为恢复期，疼痛及关节活动受限逐渐减轻，直至恢复正常。整个病程可达1~1.5年。

　　既然能自行恢复，那是不是就不需要治疗了？不是，因为它的发作期疼痛比较剧烈，功能活动严重受限，甚至连睡眠、穿衣、梳头、上厕所等日常活动都成为困难之事，严重影响日常行动，使患者的生活质量大大降低。因此必须及时治疗，缓解疼痛，尽快恢复功能活动。

2. 是不是所有的肩痛都是肩周炎？

　　也不是。实际上肩周炎（冻结肩）只占肩痛症的很小一部分，不到30%，其余的都是肩关节周围其他组织的疾病。其中最多的是肱二头肌长头肌腱炎，还有肱二头肌短头肌腱炎、肩峰下滑囊炎、肩袖损伤（包括冈上肌、冈下肌、小圆肌、肩胛下肌）、三角肌损伤等，此外还有一种肩痛症要引起重视，即神经根型颈椎病引起的颈型肩痛症。

　　将肩周炎（冻结肩）与其他肩痛症区分开来很重要，因为除了治疗方法有所区别外，康复的方法也不相同。冻结肩患者在该病的冻结期和恢复期需要锻炼活动，以加快肩关节的松解。而其他肩痛症则大部分需要静养，以使损伤的软组织尽快修复。如果贸然锻炼，不仅不能帮助修复，反而会造成新的损伤。

（二）针灸可以治疗肩痛

1. 针灸为什么可以治疗肩痛?

在上面讲的故事中，甄权只在库狄嵌的肩上扎了一针，就治好了库狄嵌肩痛症。由此可知，针刺治疗肩痛症有针到病除的效果。

为什么针刺可以治疗肩痛症呢? 因为针刺有疏通经络、行气活血的作用。经络不通是疼痛的一大原因，所谓"不通则痛"。通过针刺疏通了经络，于是"通则不痛"。

另外许多疼痛因受风寒引起，针对病因，采用艾灸的方法也可以缓解疼痛，因为艾灸有温经散寒、缓急止痛的功效。

现代医学认为，肩痛症多属于运动系统疾病，要从肩关节周围的肌肉、韧带、肌腱、关节囊的病变找原因。针刺也多围绕这些软组织进行，针刺有松解肌肉、肌腱、韧带的作用，例如肱二头肌长头肌腱炎，多由于过度牵拉肱二头肌所引起，针刺肱二头肌肌腱，可以松解紧张的肱二头肌，促进炎症的吸收，缓解疼痛。

2. 针灸怎么治疗肩痛?

针灸治疗肩痛症有以下几种方法。

（1）传统针灸法。就是根据中医传统经络腧穴理论取穴针刺的方法，所谓"经脉所过，主治所及"，这种方法是选择循行于肩部的经络腧穴针刺，常选择手三阳经，即手阳明经大肠经、手少阳三焦经和手太阳小肠经，以这三条经脉循行于肩的腧穴为主，如肩髃、肩贞、臂臑、肩髎、肩井等。

（2）远道巨刺法。远道即是取远离肩部的腧穴，巨刺是传统针刺方法之一，是一种刺病灶对侧——健侧的方法，即左病刺右、右病刺左。最常用的是取患肩对侧条口穴透承山穴的针刺方法，用3寸长的毫针，从患肩对侧小腿前方的条口穴刺向小腿后方的承山穴，当有得气感后让患者配合活动患肩。现代方法则是在健侧小腿胫骨前肌足三里穴下方按压寻找最敏感处进针深刺（王文远方法）。还有一种针刺足部"肩康穴"的方法，也是刺健侧（李邦雷等方法）。这种方法取穴简单，即时效果很好，远期效果也不错。

（3）按照解剖结构针刺。这种方法称为结构针灸法，即有针对性地针刺造成肩痛的责任肌。这种针刺方法要求熟悉局部解剖，了解肩关节周围各肌肉、韧带、滑囊等在参与肩关节运动时的角色以及造成肩关节疼痛的责任肌。如上臂外展时疼痛并出现疼痛弧，就应判断出是肩袖之一的冈上肌损伤；再如屈前臂时肩前疼痛，肱骨结节间沟有压痛，就应判断出是肱二头肌长头腱损伤；如果在喙突处有压痛，就应判断出是肱二头肌短头腱损伤，这样有针对性地针刺相应组织，会取得很好的疗效。

（4）采用生物全息律的方法。生物全息律认为，生物体相对独立的部分包含了整个生物体的病理、生理、生化、遗传、形态等全面的生物学信息，很像一幅全息照片。就是说，人体的任一局部，都可以反映全身的情况，如一个耳朵，就包含了人体各组织器官的信息，当然也有肩的信息，反映在耳穴肩、肩关节、锁骨、肾上腺、压痛点等，针刺这些点，就可以治疗肩痛症，这就是耳针疗法。相类似的还有手针取穴法（取健侧手的肩痛点）、面针取穴法等。

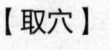

肩痛点穴
小处方

【处方】肩三针（肩髃、肩前、肩贞）、肩痛、肩康。

【取穴】

⊙ **肩髃**　在肩峰前下方，当肩峰与肱骨大结节之间凹陷处。

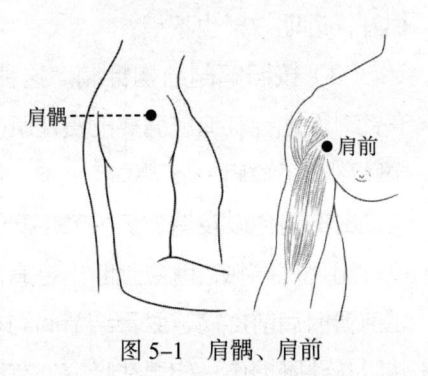

图 5-1　肩髃、肩前

简易取穴法：将上臂外展平举，肩关节部即可呈现出两个凹窝，前面一个凹窝中即为此穴。

⊙ **肩前**　在腋前皱襞纹头上1寸。

⊙ **肩贞**　在肩关节后下方，肩臂内收时，腋后纹头上1寸。

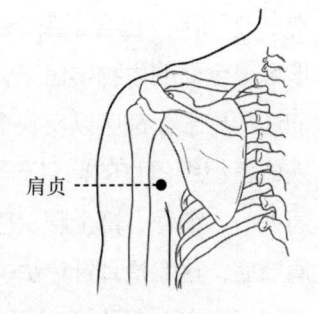

图 5-2　肩贞

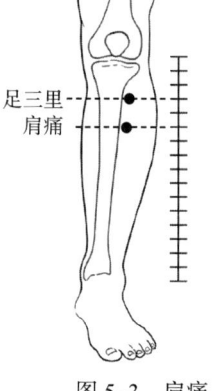

足三里
肩痛

图 5-3　肩痛

◎ **肩痛**　在患肩对侧小腿外侧，足三里下约 1~2 寸处，当指压最敏感处取穴。

◎ **肩康**　在第 3、第 4 跖骨与外侧楔骨关节间，拇指按压有轻微的酸、胀、痛感。

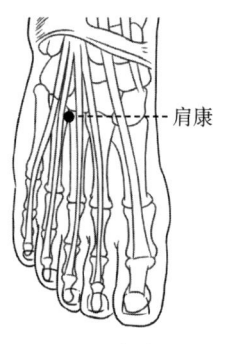

肩康

图 5-4　肩康

✍ 操作

1　患者坐位，术者立于患者患肩侧，以一手拇指点压住肩髃穴，一手拇指点压住肩前穴，两手同时用力下压并旋揉 30 秒，局部有酸胀重感后松开片刻，然后再点压两穴，反复 5 次。

2　术者立于患肩后方，一手扶住患肩，一手拇指点压肩贞穴，方法同上。

3 患者坐床，将健侧下肢平放于床上，术者找到肩痛穴位处，用拇指用力按压并旋揉，至局部有酸胀重痛感时，让患者活动患肩，做上举、外展、后背及旋转运动。

4 患者坐于床上，将健侧足平置于床上，术者以拇指用力点压肩康穴，当有酸胀重感时，让患者活动患肩。

应用

1 肩三针是治疗肩关节疼痛的常用组穴，具有疏通经络、活血化瘀、消肿止痛之功效，对于各种肩痛症都有很好疗效，可单独使用，也可与其他腧穴配合使用。

2 肩痛穴是在古方"条口穴透承山穴"针刺方法的基础上演化而来的，肩康穴是今人李邦雷等人发现的，此二穴对各种肩痛症都有极好疗效。两穴均是交叉取穴，左肩痛点右侧，右肩痛点左侧，双肩痛点双侧。指压最敏感处即是效果最好之处。指压后有的患者患肩有发热、松动感，疗效立竿见影。

虢太子暴毙殒命，秦越人妙手回阳

故事讲

　　秦越人是战国时期的一位名医，年轻时在做客馆的主管期间，随一位住宿的客人长桑君学医，尽得其传。因其医术高明，当时的人都以古时神医扁鹊的名字称呼他。有一次，秦越人路过虢国，走到王宫外面时听见里面好像在办丧事，正好碰见一个懂点医术的官吏，就问在为谁办丧事。那位官吏说："我们的太子得暴病死了"。扁鹊问："死了多久了？"答："是夜里3点死的。"扁鹊又问："入棺了吗？"答："还没有。"扁鹊说："我是齐国渤海郡的秦越人，听说太子不幸身故，我能让他活过来。"那官吏说："您不是在骗我吧？您凭什么说太子能活过来呀？我听说上古有个叫俞

跗的医生，他治病不用汤液、酒剂、针石、导引、按摩和药物熨帖等方法，一经诊察就能发现病候，然后割开患者的皮肤，解剖肌肉，疏通脉道，清洗肠胃，洗涤五脏，修炼精气，变更形体。您的医术如能这样，太子就可回生。如果不是，要让他活过来，这不是在骗小孩儿呢吗！"

听了这话，扁鹊仰天叹息道："您就像从管中窥天，从缝隙中看图。我不必切脉望色、听声察形就能知道疾病之所在。知道了疾病的阳分，就能推断出其阴分，了解了疾病的阴分，就能推断出其阳分。疾病的证候呈现在外表，我与其相距不出千里之外，就能以各种诊断方法确诊，此中原委不能尽述。您如果不信，可以进去试着给太子检查一下，你就会知道他的耳中有响声，鼻翼在扇动，再摸摸他的两腿到会阴部，应当是温热的。"

那官吏闻听此言瞠目结舌，急忙进宫将秦越人这番话报告了虢国的君主。虢君闻言大惊，赶快出来见秦越人，说："您能来到我们小国救我儿子，是我们的大幸，有了您，我儿子就有救了，没有您，他将被抛去填沟壑，永远不能复生了。"说着话，已经是老泪纵横，不能自已了。扁鹊说："太子的病是所谓的'尸厥'，因脏腑之气相互隔绝，形成破阴绝阳，形静乱脉之态，所以如死状"。于是秦越人让他的弟子子阳用针刺太子的百会穴，过了一会儿，太子就醒过来了；又让另一个弟子子豹用煎煮好的中药汤剂交替熨敷于太子的两胁下，太子就能够坐起来了。又用调整阴阳的方法，调养了二十几天，太子就完全康复了。所以天下人都认为秦越人能起死回生，他却说："不是我能起死回生，这人本来就是活着的，我不过是把他的病治好了"。

出自《史记·扁鹊仓公列传》

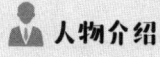

人物介绍

　　秦越人，就是人们常说的神医扁鹊。秦越人是春秋战国时期名医，生卒年月不详。本姓姬，秦氏（氏是姓的分支），名越人，渤海郡鄚（mào，古邑名。战国燕邑，汉置县。唐改"鄚"为"莫"，宋废。故城在今河北省任丘县北）人。青年时从师于长桑君，尽传其医术禁方。由于他医术高超，时人以上古时期的名医扁鹊称之。扁鹊医德高尚，他曾和弟子不辞辛苦，周游列国，为人民治病。他根据当地的风土人情，随俗为变，不仅做内科医生，还先后做过儿科、妇科、五官科医生。他医术高超，善于运用汤药和针灸治疗疑难杂病和危重疾病，除了使虢国太子起死回生外，还治疗了赵简子(春秋时期晋国赵氏的领袖，原名赵鞅，《赵氏孤儿》中的孤儿赵武之孙）的五日不醒之症，名扬天下。后来秦国的太医李醯（xī）嫉妒扁鹊，派人暗杀了他。扁鹊奠定了祖国传统医学诊断法的基础，在诊断、病理、治法上对祖国医学做出了卓越的贡献，在我国医学史上有着承前启后的重要地位。

针说理

（一）关于"尸厥"

1. 什么是尸厥?

要知道什么是"尸厥"，先要清楚什么是"厥"。"厥"是中国古代一类疾病的总称，这类疾病有三个特点，一是起病突然，是急性发作；二是意识丧失，中医叫"神昏"，三是伴有手足寒冷，中医叫"逆冷"。古人根据这类疾病不同的病因、病机和症状，又有一些不同的称呼，如"大厥""暴厥""煎厥"等。现代医学也有"晕厥"一词。

由于历史原因，古人无法象现代人一样对意识丧失一类的疾病作出细致的划分，故无论何种原因，只要见到突然昏仆、不省人事、四肢发冷，就一概称为"厥"证。

"尸厥"，是厥证之一，是指深度昏迷，四肢厥逆严重的晕厥证。中国最早的古典医籍《内经》中就有尸厥的论述，其中的《素问·谬刺论篇》说："邪客于手足少阴、太阴、足阳明之络……五络具竭，令人身脉皆动，而形无知也，其状若尸，或曰尸厥。"认为是由于邪中于五脏之经脉，五脏之经气逆乱，五脏之神离脏所致。

清朝针灸家李学川在他的《针灸逢源》中说："尸厥，阴阳逆也，其状如死，犹微有息而不恒，脉尚动而形无知也。"又说："手冷过肘，足冷过膝者死，指甲青黑者死。"这样的患者呼吸微弱，脉象极细，或毫不应指，乍看似死，故名"尸厥"，是一种十分危险的急性病。

"厥"证类似现代医学的中风、休克、虚脱、晕厥等一些急性发作危险性较高的急重症，也有一些危险性相对不是很高，但发作也很急、影响意识的病，如癫痫、癔病、中暑等。

2.为什么会出现"厥证"？

"厥"证必伴有意识丧失，中医称意识丧失为"神昏"，之所以神昏，中医认为是因为体内阴阳失调，气机逆乱。造成这种情况的原因有几种，有人平素血压就高，中医认为大多是肝阳上亢，加上情绪激动，或暴怒，就会使气血并走于上，闭阻清窍，突然昏仆，中医称为"大厥"，类似现在的急性脑血管病；有的是因为恼怒或惊吓，使气机逆乱，阳气不能上达头巅，清窍壅阻，如癔病性晕厥；还有的人体质较差，元气素弱，或遇悲恐，气虚下陷，清阳不升，如迷走神经性晕厥；还有的是因为外伤或产妇生产失血过多，气随血脱，清窍失养，如虚脱、休克；还有的是因为天气炎热出汗太多，血随汗脱，元神失养，见突然昏仆，不省人事，这就是夏季常见的"中暑"。

 **现代医学怎么认识"厥证"**

现代医学将"厥证"分得较细，将一时性广泛性脑供血不足所致的短暂意识丧失称为晕厥。而将高级神经中枢功能活动受损导致的意识障碍按照程度的不同分为嗜睡、意识模糊和昏睡，严重的意识障碍则为昏迷。

晕厥一般为突然发作，迅速恢复，很少有后遗症。而意识障碍较重，则往往是较严重的疾病的外在表现。由于脑缺血、缺氧、葡萄糖供给不足，酶代谢异常等因素可引起脑细胞代谢紊乱，从而导致维持清醒的脑内网状结构功能损害和脑活动功能减退，这些都可导致意识障碍。像我们所熟知的中风（包括脑出血、脑梗死、脑栓塞）、脑肿瘤、脑膜炎、低血糖、尿毒症、休克、高温中暑、一氧化碳中毒等，都可出现意识障碍。

（二）针灸治疗"厥证"

1. 针灸可以治疗"厥证"吗？

对这些伴有意识障碍的急性病，现代医学有很多急救方法。那么在中国的古时候遇到这类疾病有没有治疗方法呢？肯定地说，有。针灸就能治疗许多神志失常的疾病，上面讲的秦越人治疗虢太子尸厥的故事，就是一个很好的例子。无独有偶，在唐代的一本传奇小说《续玄怪录》中也有一个类似的故事，说是有一个叫梁革的人，会医术，有一个姓崔的官员的小妾叫莲子，与梁革认识。一次梁革从外地回来，发现崔家的人在出殡，梁革一打听说是莲子死了，他赶忙上前阻拦，对崔某说莲子没死，是尸厥，可以救过来。梁革让人打开棺材，抬出莲子，在莲子的心前、脐下几处穴位行针。因为莲子牙关紧闭，不能进药，于是又凿掉她一颗牙齿，把中药灌进去。然后再用温火给她取暖，过了一会莲子就苏醒过来了，并且有说有笑。可见，针刺治疗尸厥一类的病并非凭空杜撰。

在中国古代针灸医籍中，针刺治疗意识丧失的病多有记载，如明代著名医家张景岳说："暴厥不省人事，若四肢虽冷无气，但觉目有神采不变，心腹尚温，口中无涎，舌不卷，囊不缩，及未出一时者，尚可刺之复苏也。"

针刺不仅可以治疗一般性的晕厥，对于中风等急性脑血管病也有很好的疗效。明代大针灸家杨继洲的《针灸大成》中就有《初中风急救针法》："凡初中风跌倒……不省人事，牙关紧闭，药水不下，急以三棱针刺手指十二井穴，当去恶血。又治一切暴死恶候，不省人事，及绞肠痧，乃起死回生妙诀。"

2.针灸为什么可以治疗"厥证"？

为什么针灸可以治疗意识丧失的疾病呢？因为针灸可以通经脉、调阴阳、理气机。针刺可以通过调整人体阴阳、调畅气机来达到醒神的目的。这是用中医理论来解释针灸治厥的道理，那么有没有现代医学的机制呢？有，现代医学研究证实了以下几点。

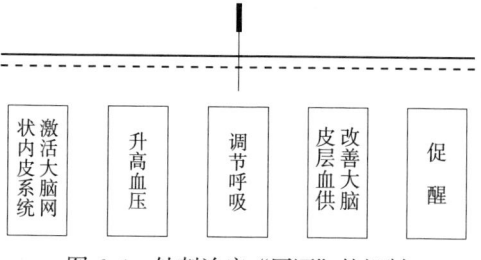

图 6-1 针刺治疗"厥证"的机制

（1）针刺的刺激可以激活大脑的网状系统，网状系统是大脑负责意识清醒的系统。

（2）针刺可以升血压，血压是主要生命指征之一，任何原因造成的血压过低都会危及生命。在危急情况下，提高血压可以保证各脏器的血液供应，维持生命活动。研究发现，节律性刺激、连续弱刺激或连续强刺激人中能引起动脉血压升高，对于提升血压、保持大脑的血液供应有很好的作用。

（3）针刺刺激对呼吸活动也有影响，呼吸是另一主要生命指征，适当地节律性刺激人中有利于节律性呼吸活动的进行。

（4）针刺可以改善大脑皮层的血液供应，如针刺百会穴能够使患者血液流变学的各项指标得到改善，使脑组织细胞得到一定恢复。

（5）在手十二井穴刺络放血可使中风患者脑损伤面积小的

患者意识状况好转，收缩期血压上升，可使患者的心率加快，所以有很好的促醒作用。从现代神经生理学角度来说，手指在大脑皮层感觉代表区的投射面积要比胸部十二根脊神经传入的代表区总面积大几倍，在运动代表区也是如此，手与五指所占的区域几乎与整个下肢所占的区域大小相等。井穴所在的手指感觉、运动灵敏，具有大量的感受装置，分布有较多的动静脉网，且为多条神经的集合处，大脑与其相联系的神经元数量也必然较多，因而通过对这些灵敏部位的刺激，可反射性地提高与其相联系的神经元活性，调节大脑功能。

醒神点穴
小处方

【处方】人中、百会、涌泉、手十二井、神阙

【取穴】

⚬**人中**　在鼻唇沟的中上 1/3 交界处。

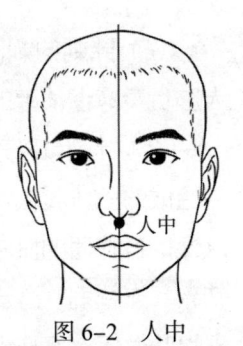

图 6-2　人中

⚬**百会**　位于头部，在前发际正中直上 5 寸（前发际至后发际为 12 寸）处取穴。

简易取穴法：沿两耳尖直上，在头顶正中交会处取穴。

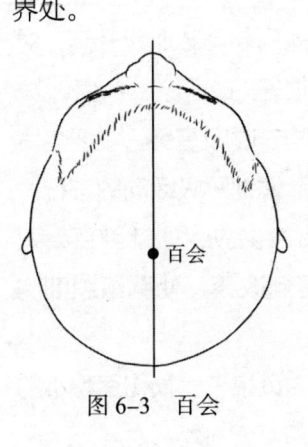

图 6-3　百会

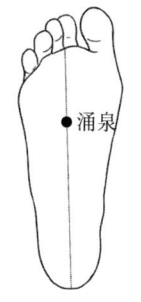

⚅**涌泉** 位于足底前部凹陷处第 2、第 3 趾趾缝纹头端与足跟连线的前中 1/3 交界处。

图 6-4 涌泉

⚅**手十二井** ①少商：手太阴肺经井穴，位于手拇指末节桡侧，距指甲角 0.1 寸；②商阳：手阳明大肠经井穴，位于手食指末节桡侧，距指甲角 0.1 寸；③中冲：手厥阴心包经井穴，位于手中指末端最高点；④关冲：手少阳三焦经井穴，位于手环指尺侧端，距指甲角 0.1 寸；⑤少冲：手少阴心经井穴，位于手小指末节桡侧，距指甲角 0.1 寸；⑥少泽：手太阳小肠经井穴，位于手小指末节尺侧，距指甲角 0.1 寸。

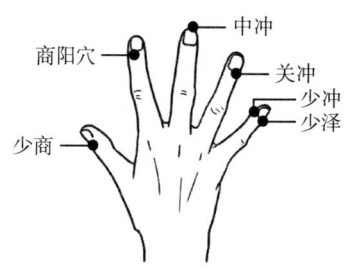

图 6-5 手十二井

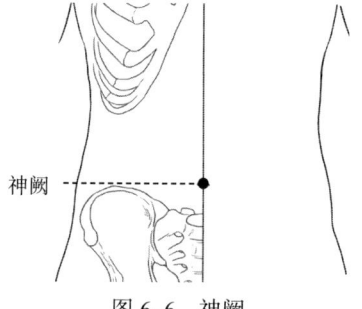

图 6-6 神阙

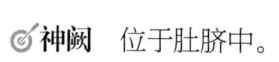

⚅**神阙** 位于肚脐中。

1 　　人中穴用手指甲掐，或用牙签去掉尖头点压均可，须强刺激，每分钟掐压 20~40 次，每次持续 0.5~1 秒，直到患者苏醒。

2 　　患者卧位，术者以一手大拇指用力按压百会穴 30 秒，至局部出现酸胀感后放松。

3 　　术者一手固定患者足部，另一手握拳，突出中指近端指指关节，以之用力抵住涌泉穴，加压旋揉，也可以刮痧板用力刮拭涌泉穴至患者苏醒。

4 　　用三棱针在手十二井穴放血。先右手后左手。次序为：少商、商阳、中冲、关冲、少冲、少泽，出血量为 1 滴，也可数滴。不出血者用手挤压至出血。

5 　　艾灸神阙穴。隔盐灸，取大青盐少许，取清艾条之艾叶撮成直径 1.5cm、高 1.5cm 的艾炷，将大青盐填于肚脐中，将一粒艾炷置于盐上点燃，此为一壮。待其燃尽后再换一壮，直至患者神志回转。

应用

1 　　人中穴是最常用的醒神穴位，可以用于治疗中暑、昏迷、晕厥、全身麻醉过程中出现的呼吸停止、低血压、休克、一氧化碳中毒等。

2 百会穴处于人之头顶，在人体的最高处，各经上传的阳气都交会于此，故清阳不升或阳气暴张导致的晕厥跌仆、神识昏蒙、头痛脑胀等都可用之。

3 涌泉穴有良好的醒神功能，对于中风昏迷、癫痫发作、癔病晕厥以及休克都有良好的促醒作用。

4 手十二井穴放血不仅可以治疗中风昏迷，也可用于高热神昏、中暑、惊厥等。

5 灸神阙穴可以治疗元阳欲脱的神志昏迷，症见面白无华、气息微弱、身凉汗出、脉微欲绝，血压极低，处于休克状态。30 年前某晚我在医院值夜班时，有一中风患者体温 35.2℃，血压高压 70mmHg，低压测不到，神昏嗜睡，四肢不温，冷汗出，面色晄白，气息微弱，脉微欲绝。考虑为元阳欲脱，急宜回阳救逆。急让患者家属外购粗盐，铺于神阙穴，再取清义条中的艾绒，撮成高 2cm 之大艾炷置于盐上点燃，嘱家属守护，更换艾炷。同时以前药量（5% 糖盐 200ml+ 阿拉明 18.9mg，静脉点滴，1ml/ 分钟）维持。行灸 20 分钟后，患者腹内响动，神志略清，呼之可应，精神转佳，安睡。1 小时后解小溲 1 次，排尿约 150ml，血压升至 105/68mmHg，体温升至 35.8℃，冷汗止，气息较前安稳。继续施灸同前。到夜里 11 点，体温升至 36.2℃，血压 90/60mmHg，心率 80 次 / 分，律齐，呼吸 32 次 / 分，继续施灸神阙，同时加用艾条温和灸关元，并用雀啄灸灸百会。

第二天早 3 点排尿 1 次，约 150ml。面色红润，精神转佳，四肢已温，脉虚不微细。再测体温 36.8℃，血压 98/75mmHg，心率 80 次 / 分，律齐，呼吸 36 次 / 分，呼吸音仍粗。元阳已回，胃气已现，病情缓解，顺利交班。

唐高宗因眩痛苦不堪，秦鸣鹤冒忤针头放血

故讲事

唐高宗李治（公元628—683年）是唐朝的第三个皇帝，唐太宗李世民的第九个儿子。他执政后勤于政事，故而百姓阜安，有贞观之遗风。他在不到40岁的时候患了严重的眩晕病，

经常头晕目眩看不清东西，痛苦不堪，于是召侍医秦鸣鹤为他诊治。秦鸣鹤认真诊察后对高宗说："您的眩晕是风毒上攻引起的，如果可以用针在头上的穴位刺出点血的话就能治愈。"当时皇后武则天正在帘后，听闻此言勃

然大怒，说道："此人该斩！天子的头上是该出血的地方吗！"秦鸣鹤连忙磕头请求饶命。高宗说："给人看病，讨论病情，按道理是不应该治罪的。况且我的头非常沉闷，几乎不能忍受了，出点血不一定就不好。我决心已定。"于是高宗便让秦鸣鹤给他头上针刺放血。秦鸣鹤在唐高宗的百会穴和脑户穴上针刺并放了一点血。放血后唐高宗说："我的眼睛能看见了。"他的话还未说完，则天皇后便在帘后向秦鸣鹤行大礼致谢，说："这是上天赐给我的医师啊！"然后亲自赠送丝帛、珠宝给秦鸣鹤。

出自《谭宾录》《新唐书·高宗则天皇后武后传》
《续名医类案》

针说理

（一）眩晕是怎么回事？

1. 唐高宗患的是什么病？

唐高宗所患的是眩晕病，眩晕是一种常见病症，以头晕、眼花为主要临床表现。眩是眼花，晕是头晕，两者常同时并见，故统称为眩晕。眩晕的患者轻者闭目可止，重者如乘舟船，旋转不定，不能站立，或伴有恶心、呕吐、汗出、面色苍白等，严重者可突然仆倒。看到这里读者可能会联想到自己或周围的人曾经出现过这种症状，同时还会想起一个耳熟能详的病名——梅尼埃病（过去叫美尼尔综合征）。没错，梅尼埃病就是典型的眩晕病。眩晕病很多人都得过，据统计，该病占内科门诊患者的 5%，占耳鼻咽喉科门诊的 15%。

2. 中医怎么认识眩晕？

中医认为眩晕的病位在清窍，有虚实之分，涉及肝、脾、肾三脏。

以往认为眩晕以虚证为多，如《内经》说"上虚则眩"，古人还有"虚者居其八九"之说。认为或由肝肾阴虚，肝阳上亢；或由气血亏虚，清窍失养；或由肾精亏虚，脑髓失充。但从现代临床来看，虚证反不如实证为多。

实证多因痰浊阻遏，中焦升降失常，清阳不升；或由于风邪外犯，上犯清窍；或瘀血痹阻脑络清窍。故古人又有"无痰不作眩""无风不作眩"之说。

为什么现在虚证反不如实证多呢？看看唐高宗的眩晕就知道了。唐高宗身处高位，锦衣玉食，养尊处优，应当不会因虚致眩。相反餐餐珍馐美食，自然会热壅肠胃，加之劳心费神，气机郁结，愈久化热，上冲清窍导致眩晕应是大概率事件。另外从秦鸣鹤给他头上针刺放血后症状有所减轻来看，也证明高宗的眩晕病是实证。另外，古代社会物质匮乏，战火频仍，广大劳动人民辛勤劳作，有时连饭都吃不饱，所以患病以虚证为多。现代社会物质极大丰富，人人丰衣足食，都过着唐高宗一样的生活，天天美味佳肴，口味又重，因此中焦湿热，痰热上扰成为眩晕的主要病因，故而实证为多。由此可知，中医理论也要随时代的变化而调整，否则指导临床会出现偏颇。

 **现代医学对眩晕的认识**

现代医学将眩晕分成真性眩晕和假性眩晕，真性眩晕

是由眼、本体觉或前庭系统疾病引起的，有明显的外物或自身旋转感。假性眩晕多由全身系统性疾病引起，如心血管疾病、脑血管疾病、贫血、尿毒症、药物中毒、内分泌疾病及神经官能症等几乎都有轻重不等的头晕症状，患者感觉"飘飘荡荡"，没有明确转动感，许多高血压的患者有这种症状，常对医生说我"头晕"。

1. 为什么会得眩晕症？

眩晕症的原因较多，大体可分为周围性与中枢性两种。

周围性眩晕症与我们的耳朵有密切关系，许多人只知道耳朵是听声音的，但不知道它还和我们的身体平衡有关系。耳包括外耳、中耳和内耳三部分。管平衡的是内耳，内耳包括前庭、半规管和耳蜗三部分，由结构复杂的弯曲管道组成，所以又叫迷路，迷路里充满了淋巴液。前庭和半规管是位觉感受器的所在处，与身体的平衡有关。前庭可以感受头部位置的变化和直线运动时速度的变化，半规管可以感受头部的旋转变速运动，这些感受到的刺激反映到中枢以后，就会引起一系列反射来维持身体的平衡。一旦这部分发生病变，不能感受头部位置的变化从而通过反射来调整身体的平衡，便可以引起眩晕，这种眩晕就是周围性眩晕，包括急性迷路炎、梅尼埃病等。这种眩晕为剧烈旋转性，持续时间短，头位或体位改变可使眩晕加重明显。多为旋转性或上下左右摇摆性运动感，站立不稳，自发倾倒，许多患者形容是睁开眼天旋地转，闭上眼如乘舟车。还可伴有恶心、呕吐、出汗及面色苍白等。常伴耳鸣、听觉障碍，但无脑功能损害。

中枢性眩晕是指前庭神经核、脑干、小脑和大脑颞叶病变引起的眩晕，伴脑功能损害，如脑神经损害、眼外肌麻痹、面舌瘫、球麻痹、肢体瘫痪、高颅压等。这种眩晕程度相对轻些，持续时间长，为旋转性或向一侧运动感，闭目后可减轻，与头部或体位改变无关。平衡障碍表现为旋转性或向一侧运动感，站立不稳，多数眩晕和平衡障碍程度不一致。

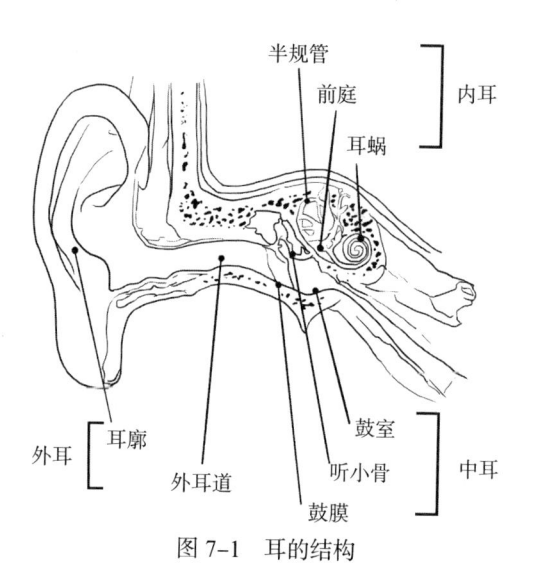

图 7-1　耳的结构

2. 常见的眩晕病有哪些?

（1）耳石症：在我们的内耳中有一种很小的像沙子一样的石灰质的结石，附着在与半规管相通的椭圆囊中，有感受重心变化的作用，称为耳石。正常情况下耳石是附着于耳石膜上的，当一些致病因素导致耳石脱离，这些脱落的耳石就会进入到半规管中，在被称作为内淋巴的液体里游动。当人体头位变化时，半规管亦随之发生位置变化，沉伏的耳石就会随着液体的流动而运动，从而刺激半规管毛细胞，导致机体发生强烈的眩晕。这种眩晕时间一般较短，数秒至数分钟，可周期性加重或缓解。多发于中年人，女性略多。发病突然，症状的发生常与某种头位或体位变化有关。激发头位（患耳向下）时出现眩晕症状，眼震发生于头位变化后 3~10 秒之内，眩晕则常持续于 60 秒之内，可伴恶心及呕吐，转向或反向头位时眩晕可减轻或消失。眩晕可周期性加重或缓解，间歇期可无任何不适，或有头晕，个别患者眩晕发作后可有较长时间的头重脚轻及漂浮感。

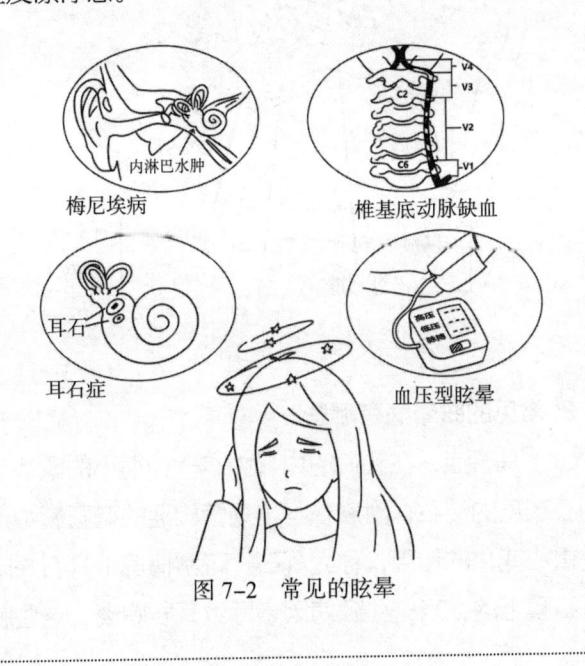

图 7-2　常见的眩晕

（2）梅尼埃病：临床表现是眩晕呈间歇性反复发作，间歇数天、数月、数年不等。常突然发生，许多患者是在夜间睡眠中发生。这种眩晕一开始就达到最严重程度，头部活动及睁眼时加剧，多伴有倾倒，患者因剧烈旋转感、运动感而感到恐惧，可同时出现耳鸣、耳聋、恶心、呕吐、面色苍白、脉搏缓慢、血压下降和眼球震颤。每次持续时间数分钟至几小时不等，个别患者呈持续状态，连续数日。每次发作过后疲乏、思睡。间歇期平衡与听力恢复正常。多次发作后眩晕随患侧耳聋的加重反而减轻，发展到完全耳聋时眩晕也消失。

（3）椎基底动脉系统缺血性病变：主要因为动脉硬化、颈椎骨质增生、椎动脉狭窄、栓子等病变。有眼球震颤而不伴神经系统其他症状和体征。按临床表现分为：①短暂缺血发作型：发作无定时，可一日内数次或数日1次，一般数分钟至半小时缓解或消失。轻者仅有眩晕、不稳，重者频繁发作进展为完全性迷路卒中。②进展性卒中型：发病后眩晕、耳鸣、耳聋持续进展加重，数日后达高峰。③完全性卒中型：发病后数小时眩晕、不稳、耳鸣、耳聋达高峰，明显眼震。数周后症状可逐渐减轻。常遗有听力障碍、头晕。

（4）血压型眩晕：高血压或低血压均可引起眩晕。按照世界卫生组织（WHO）的血压标准，正常血压为收缩压（高压）为130~139mmHg，舒张压（低压）为85~89mmHg，收缩压超过140mmHg和(或)舒张压超过90mmHg，为高血压。收缩压低于90mmHg和(或)

舒张压低于 60mmHg 时称低血压。

高血压的眩晕常发生在血压异常波动时，由于血压升高，血管壁紧张性加大，血液的流动速度和受到的阻力增加了，引起脑供血不足，脑细胞缺氧，就会引起眩晕。高血压眩晕可同时伴有头痛、脖子僵硬、心慌、出汗等，由于高血压在临床上常常引起心、脑、肾等重要脏器的损害而备受重视。

低血压眩晕大家知道得不多，其实低血压眩晕也很常见，这是由于血压偏低，脑供血不足所导致的。其形式可分为急性和慢性两类。急性低血压是指患者血压由正常或较高的水平突然而明显地下降，临床上常因脑、心、肾等重要脏器缺血出现头晕、眼黑、肢软、冷汗、心悸、少尿等症状，严重者表现为晕厥或休克。慢性低血压是指血压持续低于正常范围的状态。其中体质性低血压一般与遗传和体质瘦弱有关，多见于 20~50 岁的妇女和老年人，轻者可无任何症状，重者可出现精神疲惫、头晕、头痛，甚至昏厥。还有一种与体位变化（尤其直立位）有关的，称为体位性低血压，从卧位、蹲位或坐位立起时出现头晕、视力模糊、乏力、恶心、认识功能障碍、心悸、颈背部疼痛等症状。某些疾病或药物也可以引起低血压，如脊髓空洞症、高度的主动脉瓣狭窄、二尖瓣狭窄、慢性缩窄性心包炎、特发性或肥厚性心肌病和慢性营养不良症等，以及服用降压药、抗抑郁药等。血液透析患者也容易发生低血压。这些情况引起的低血压也可以出现头昏、头晕等低灌注的症状。

还有一些其他病变也可导致眩晕，如：小脑出血、颈部病变、颅内肿瘤、颅脑外伤、药物或毒物中毒、炎性脱髓鞘疾病等，都属于眩晕症的范畴。

（三）针刺可以治疗眩晕病

1. 针刺可以治疗眩晕病吗？

故事中秦鸣鹤为唐高宗针刺了百会穴和脑户穴，并放了一点血，唐高宗的眼睛立刻就能看清东西了，效果很好，连武则天都赞叹不已。除了上面故事介绍的针刺方法，宋代针灸名家窦材在他编著的《扁鹊心书》中也介绍了他治疗眩晕的经验，说有个人头风发作，眩晕呕吐，数日不食。窦材为他针刺了风府穴，方法是"向左耳入三寸，去来留十三呼，病患头内觉麻热，方令吸气出针"，同时服用了附子半夏汤，后眩晕再未发作。说明针刺治疗眩晕还是有很好疗效的。

2. 为什么针刺可以治疗眩晕病？

了解了眩晕发作的病因病机，就可以知道针刺治疗眩晕症的机制。

首先，针刺可以清热通窍。对于内热上扰所致的眩晕，可以采取点刺放血的方法，因为热可随血泻，血出则热清。除了头部放血之外，还可以在手足末端的井穴放血，如肝经的大敦、胆经的足窍阴、三焦经的关冲等。

第二，针刺可以疏通经络，通调气血。对于气血不荣清窍的眩晕，针刺可使经络通利、气血上荣，使清窍得养。

第三，针刺可以健脾化痰，对于痰浊痹阻所致的眩晕，针刺可以通过调理脾胃、运化中焦来化痰祛湿，这多见于体胖之人。常用的穴位有丰隆、中脘、足三里等。

从现代研究来看，针刺有改善椎基底动脉供血的作用。有人专门做过研究，通过经颅彩色多普勒超声（TCD）检测和血液流变学指标，观察针刺对椎基底动脉供血不足的眩晕症患者的疗效，结果显示总有效率为90.0%；血液流变学指标也显示针刺对椎基底动脉供血有明显改善作用，提示针刺有良好的降黏、降纤、抗血小板凝聚作用，可以改善椎基底动脉供血。

一项针刺治疗梅尼埃病的研究表明，针刺还可能通过改善血管神经、内脏神经功能，缓解迷路痉挛状态，促进局部血循环，从而减轻内耳膜迷路积水，改善眩晕症状。

另外，针刺可以调节血压，这种调节是双向的，高压可以降，低压可以升，通过调节血压来改善眩晕状态。

但是，针刺也不是对所有类型的眩晕都能取得良好疗效的，例如耳石症。对于耳石症可以采用旋转复位的方法，使耳石复位，终止眩晕。还有前庭神经受损导致的眩晕，针刺效果也较差。

止晕点穴
小处方

【处方】百会、风池、内关、行间、足三里、人中

【取穴】

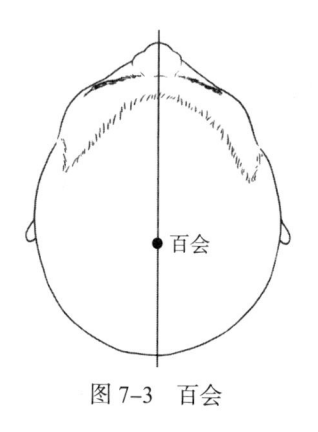

图 7-3　百会

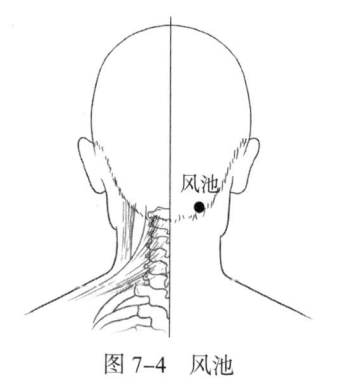

图 7-4　风池

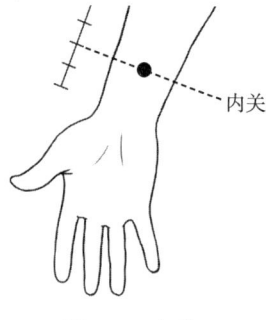

图 7-5　内关

☙**百会**　位于头部，在前发际正中直上 5 寸（前发际至后发际为12 寸）处取穴。

简易取穴法：沿两耳尖直上，在头顶正中交会处取穴。

☙**风池**　在颈项后方，与风府穴相平，当胸锁乳突肌与斜方肌上端之间的凹陷中取穴。

☙**内关**　位于前臂掌侧，腕横纹上 2 寸，掌长肌腱与桡侧腕屈肌腱之间。

简易取穴法：以食、中、环三指伸直，食指侧置于掌侧腕横纹上，于环指侧与前臂两筋之间的相交处取穴。

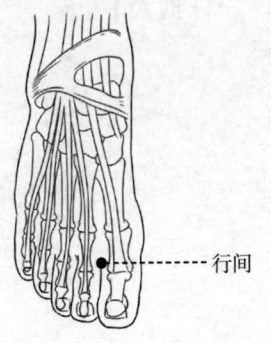

图 7-6　行间

⚙行间　在足大趾、次趾趾缝间，趾蹼缘的上方纹头处。

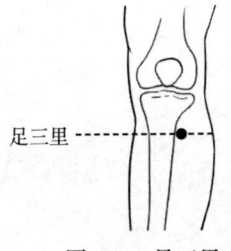

足三里

图 7-7　足三里

⚙足三里　在外膝眼下 3 寸，胫骨前嵴旁开 1 横指处。

简易取穴法：坐位屈膝，将除大拇指外的四指并拢，食指置于外膝眼下，小指与胫骨前嵴旁开一横指相交处取穴。

⚙人中　在鼻唇沟的中上 1/3 交界处。

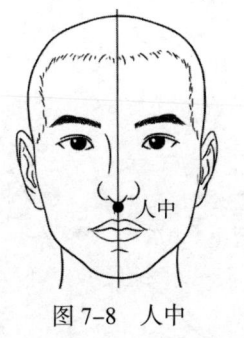

人中

图 7-8　人中

操作

1 患者坐位，术者立于患者身后，以一手大拇指用力按压百会穴30秒，至局部出现酸胀感后放松。

2 术者双手拇指、中指分别同时用力按压患者两侧风池穴和太阳穴30秒，至局部有酸胀感后放松。

3 术者用一手握住患者手掌，掌面向上，另一手拇指置于内关穴上，其余四指置于与内关穴相对的前臂背侧，拇指用力按压内关穴，以局部有酸胀感为度，并旋揉30秒，使症状缓解。也可用小纸团放在穴位上，用拇指按压。

4 术者双手拇指分别置于患者双侧行间穴上，其余四指垫于足趾下，上下同时用力，同时用拇指做旋揉，持续30秒，放松片刻，再行点压，反复3~5次。

5 患者取坐位，双膝自然下垂，或取仰卧位，双膝屈曲置于床上，术者双手拇指分别置于患者双侧足三里穴上，其余四指置于小腿后方，与拇指成对持状，五指同时用力，拇指同时做旋揉，至患者局部有酸胀重感，持续30秒，放松片刻，然后再行按压，反复5次。

6 用手指甲掐，或用牙签去掉尖头点压人中穴，须强刺激，每分钟掐压20~40次，每次持续0.5~1秒，直到患者苏醒。

1 　　百会穴为督脉要穴，诸阳经会于头，诸阴经也经十二别络与其相通，具有提升阳气、升清降浊的作用。而头除了是诸阳之会、清阳之府，又为髓海所在，凡五脏精华之血及六腑清阳之气，皆上注于头，故百会穴又可补脑益髓。刺激百会穴有扩张血管、增加脑部血液循环的功效，可解除眩晕症状，确为治疗眩晕之要穴。常与风府、脑户、风池穴相配。

2 　　风池穴是足少阳胆经之穴，其经循行于头部并且入耳中。点压此穴能调整经络，改善脑部的局部微循环，增加脑部血流量；随着经气循行入耳，可帮助内耳水液代谢，而清利头目、止眩晕。所以《通玄指要赋》说："头晕目眩，要觅于风池。"

3 　　内关穴为手厥阴心包经络穴，别走手少阳三焦经，又是八脉交会穴，通阴维脉。阴维脉循行于下肢内侧、腹部、颈部，针刺内关可调脾胃、宽胸理气、止呕降逆化浊。因阴维脉联系全身六条阴经，而眩晕的病位属肝、脾、肾，理论上各型眩晕均可选用内关穴。现代医学研究也已证明，刺激内关有利于促进体表微循环，这恰可加强供给内耳血液，促进内耳膜迷路吸收水分，消除水肿。

4 《内经》："诸风掉眩，皆属于肝"，是说眩晕一症与肝脏关系密切。行间穴是足厥阴肝经的荥穴，有清泄肝火、疏肝理气、息风潜阳的功能，本穴对于肝阳上亢、肝火上炎的眩晕尤为适宜。现代医学的高血压、青光眼、结膜炎等常用本穴治疗。

5 足三里为足阳明胃经合穴，补益之力最强，可调补后天、化生气血，最宜治疗虚证；而"胃以降为和""合主逆气"，故具降逆作用，其穴性也正对应"眩晕多属久病虚证或本虚标实之证"的特点，有标本兼治的作用。足三里与三阴交配伍可补脾胃，运化水湿；配百会穴可调动人体气血上充于脑，使眩晕自止。

6 人中穴有升压作用，常用于低血压脑供血不足引起的眩晕、晕厥。

徐文中银针暗入，
病王妃手足自如

故事 讲

　　元代有一本书叫《稗史集传》，是一个叫徐显的人编撰的。这本书的编写体例颇似正史列传，但又不是正史，它专门搜集记录正史以外当代贤人君子积德行善之事，其中有一个针灸治病的故事。

　　安徽宣州有位叫徐文中的神医，他的岳父是当地一位颇有声望的名医。名医岳父见徐文中聪颖、朴实而且好学，便将自己的学问毫无保留地传授给了他。没几年，徐文中不仅能像岳父一样为人治病，而且还在许多方面超过了岳父。与岳父相比，他尤其擅长针灸，许多疑难杂症往往只需扎上几针便可迅速根治。江浙有个大户，患风湿病，腿

脚不利，请他治疗，徐文中为他针灸后很快就好了。

当时镇南王王妃生病卧床，四肢不能活动，连坐起都十分困难，虽经王府里的御医诊治，但都无效。南台侍御史（负责监督弹劾一般官员的人员，相当于现在的纪检委办事人员）向镇南王推荐徐文中，于是镇南王马上派人乘快马跑到吴郡去请他。徐文中到王府后，镇南王以礼相待，请他到便殿，向他讲述王妃的病情，然后把他领到室内为王妃诊视。徐文中诊察王妃的病情后从随身携带的盒子里取出了几根长短不一的银针，镇南王见了便顾虑重重地问："她的病能治好吗？"徐文中不慌不忙地回答道："我来此就是要为王妃扎针治病的，如果病都治不好，那我还来干什么呢？"针刺前徐文中让王妃试着抬抬手脚，王妃试了一下说抬不起来。徐文中便按住王妃的合谷、曲池两个穴位，然后将银针缓缓扎入，王妃一点儿也没感到疼。过了一会儿，他再次请王妃像治疗前那样抬抬手脚，王妃忙说不能。于是徐文中对她说："针气已经运行了，您抬一抬手看看。"听闻此言，王妃便试着把手举了一下，竟然很轻松地抬了起来。又让她抬脚，脚也轻松地抬起来了。镇南王在旁一直屏声静息地看着，当他看到王妃的手脚能够活动时，高兴极了。到第二天，王妃已经能坐起来了。镇南王大喜，忙摆宴席犒赏徐文中，还赐给了他许多钱物。从此，徐文中的名声震动了广陵，人们都以为扁鹊又复活了。

出自《稗史集传》

针说理

（一）王妃得的是什么病？

从王妃"四肢不能活动，连坐起都很困难"的情况来看，当是瘫痪，中医称为"痿证"。

1. 中医怎么认识痿证？

中医称瘫痪为"痿证"，也称"痿躄（bì）"。"痿"是指肢体痿弱不用，"躄"是指下肢软弱无力，因为瘫痪多以下肢痿弱为多见，故称"痿躄"。

这个疾病古代文献中有不少记载，关于其成因及临床表现也有许多论述，大概来说，不外感受温热邪气或湿热邪气、跌仆损伤、内伤情志、劳倦色欲、久病耗损等，致使内脏精气损伤，肢体筋脉失养而发病。其病位在肢体筋脉，涉及脏腑以肺、脾、胃、肝、肾为主。

根据病情进展及临床表现，中医将本病分为实证和虚证两种。一般将起病急、发展快、肢体力弱、肌肉萎缩不明显的归属于肺热津伤，湿热浸淫，或外伤瘀阻脉络之实证；病程长、病情渐进加重、肢体弛缓、肌肉萎缩明显者归属于脾胃虚弱、肝肾亏损之虚证，或虚中挟痰浊、瘀血、积滞及湿热邪气。

2. 现代医学怎么认识瘫痪

瘫痪属于现代医学的神经系统疾病，是神经、神经肌肉接头或肌肉疾病所致，包括多种疾病，如多发性神经炎、急性脊髓炎、重症肌无力、进行性肌营养不良、肌萎缩性侧索硬化

等，这些病都比较难治。大家都知道的英国著名物理学家霍金，患的就是肌萎缩性侧索硬化症。还有一些病情较轻的，如周期性瘫痪、癔病性瘫痪等。

有一种临床较为多见瘫痪，就是中风后的瘫痪，但那是偏瘫，是一侧肢体瘫痪，与以上瘫痪不太一样。还有一种大家都比较熟悉的，以面部肌肉瘫痪为主要临床表现的疾病——面瘫，是属于局部面神经麻痹，与以上所说的瘫痪也不一样。

古人对瘫痪的了解不如现在完备详细，更没有现代医学分得那么细，只是笼统归结为痿证。故事中王妃的瘫痪究竟属于哪一种，因所给的资料较少，所以无法判断。但从她四肢瘫痪、没有精神方面的症状以及针刺可以很快治愈来看，像是周期性瘫痪。

知识拓展

什么是周期性瘫痪？

周期性瘫痪也称为周期性麻痹，是以反复发作性的骨骼肌弛缓性瘫痪为主要表现的一组肌病。发作时大多伴有血清钾的异常改变，以低血钾为多见。以青壮年（20~40岁）发病居多，饱餐（尤其是碳水化合物进食过多）、酗酒、剧烈运动、过劳、寒冷或情绪紧张等均可诱发。多在夜间或清晨醒来时发病，发作一般持续 6~24 小时，或1~2 天，发作频率不等，可数周或数月 1 次，个别病例发作频繁，甚至每天均有发作，也有数年 1 次或终生仅发作 1 次的。表现为四肢弛缓性瘫痪，程度可轻可重，肌无力常由双下肢开始，后延及双上肢，两侧对称，近端较重；肌张力减低，腱反射减弱或消失。患者神志清楚，构音正常，头面部肌肉很少受累，尿便功能正常；但严重病例可累及膈肌、呼吸肌、心肌等，甚至可造成死亡。

✏️什么是癔症性瘫痪？

癔症性瘫痪指在意识清晰的背景下，一个或几个肢体全部或部分丧失运动能力，体格检查和辅助检查查不出有相应的器质性损害，其神经症状也不符合神经解剖生理特点，是一种与器质性瘫痪有本质区别的功能性瘫痪。表现为双腿不能站立、不能行走，或者整个躯体处于"不动"状态，可给人一种意识丧失的印象，但患者有主动的自我防卫，在被动活动时可出现明显抵抗。

（二）瘫痪好治吗？

这个问题比较复杂，应当区分什么样的瘫痪，不可一概而论。一般来说属于功能性的瘫痪比较好治，器质性的瘫痪则比较难治。

1. 针灸能治疗痿证吗？

针刺治疗痿证有很好疗效。徐文中只扎了合谷和曲池两个穴位，王妃的手足就动了，足以说明针刺的疗效。

合谷和曲池都是手阳明大肠经的腧穴，为什么取这两个穴呢？这与《内经》在讨论痿证时候的一句名言有关，《素问·痿论篇》中有"论言治痿者，独取阳明何也？"的论述，所以"治痿独取阳明"就成为中医治疗痿证的一个原则。

这里说的阳明，即手、足阳明经，主要是指足阳明胃经。"治痿独取阳明"是强调脾胃在治疗痿证中的作用。由于"胃为水谷之海""脾为气血生化之源"，脾主运化，胃主受纳，脾胃将饮食水谷化生为水谷精微，并通过心肺之气将水谷精微布散全身，润泽肌肤、滑利关节、充养筋脉、肌肉、四肢百骸，而五脏精气津液皆源于脾胃。《素问·痿论篇》又说："阳明者，五脏六腑之海，主润宗筋，宗筋主束骨而利关节也。"宗筋，指众筋汇聚之处，又泛指全身的筋膜。宗筋具有约束骨骼、主司关节运动的作用。由于"阳明多气多血"（《灵枢·九针论》篇），故阳明充盛，气血充足，筋脉得以濡养，则筋脉柔软，关节滑利，运动灵活。而阳明胃的功能又与脾的运化密不可分，所以脾主肌肉四肢之说实际上与胃关系密切。因此，脾胃亏虚，气血不足，则宗筋失养，纵缓不收，而见肌肉、关节痿弱不用。所以"治痿独取阳明"。

具体到治疗，"治痿独取阳明"是强调在痿证治疗中，针刺取穴应以阳明经穴为主。刺阳明可以产生气血、补益气血，气血充足，筋脉得养，痿证则缓。现在一般教科书中对于痿证治疗所选处方：上肢肩髃、曲池、合谷、阳溪皆为手阳明经穴位，下肢髀关、梁丘、足三里、解溪皆为足阳明经的腧穴，即是明证。

2. 西医怎么治疗瘫痪？

（1）比较好治的瘫痪。如果是周期性瘫痪或癔病性瘫痪则治疗相对比较简单。前面讲过，周期性瘫痪发作时大多伴有血清钾的异常改变，根据血清钾含量的变化分为低钾型、正钾型和高钾型三种。临床上以低钾型周期性瘫痪占绝大多数，正钾型和高钾型周期性瘫痪少见。低钾型周期性瘫痪任何年龄均可发病，发作后可有持续数天的受累肌肉疼痛及强直。频繁发作者可有下肢近端持久性肌无力和局限性肌萎缩。治疗比较简单，一般补充钾盐即可。癔病性瘫痪是功能性瘫痪，患者意识清晰，大多有精神创伤，经暗示治疗可以好转或治愈。

（2）难治的瘫痪。上面介绍的两种瘫痪相对好治，但是像多发性神经炎、急性脊髓炎、重症肌无力等则比较难治。

①多发性神经炎需要去除病因（如中毒、感染、过敏原等），积极治疗原发病（如糖尿病、尿毒症等），改善营养，纠正维生素缺乏，避免有害金属及药物接触。

②急性脊髓炎急性期需要大剂量激素治疗，还要配合免疫球蛋白及维生素。

③重症肌无力患者 90% 以上有胸腺异常，胸腺切除是重症肌无力有效治疗手段之一。适用于在 16~60 岁之间发病的全身型、无手术禁忌证的重症肌无力患者，大多数患者在胸腺切除后可获显著改善。此外多使用免疫抑制剂（如甲强龙等）、胆碱酯酶抑制剂、免疫球蛋白等。

④进行性肌营养不良是一大类基因突变引起的肌肉变性疾病，迄今尚无特效的治疗方法。药物治疗就是使用皮质类固醇激素，但并不能从根本上改变病程。其他还有干细胞移植、成肌细胞移植等，疗效均不理想。

⑤肌萎缩性侧索硬化，又叫运动神经元病，病因至今不明。20% 的病例可能与遗传及基因缺陷有关。另外有部分环境因素，如重金属中毒等。目前国际上正尝试以神经营养因子、抗氧化剂如维生素 E、维生素 C 以及肌酸、辅酶 Q10 等与利鲁唑片（目前国际承认、且惟一通过美国食品药品管理局

批准治疗肌萎缩侧索硬化的药物）联合应用，以对本病进行保护性治疗。但上述治疗还有待于临床试验的证实。此外，科学家们也正在进行有关本病基因治疗的实验研究。总之，治疗效果均不太理想。

瘫痪点穴 小处方

【处方】上肢瘫：肩髃、曲池、合谷、阳溪。下肢瘫：环跳、梁丘、血海、足三里、解溪。

【取穴】

✓ 肩髃　在肩峰前下方，当肩峰与肱骨大结节之间凹陷处。

简易取穴法：将上臂外展平举，肩关节部即可呈现出两个凹窝，前面一个凹窝中即为此穴。

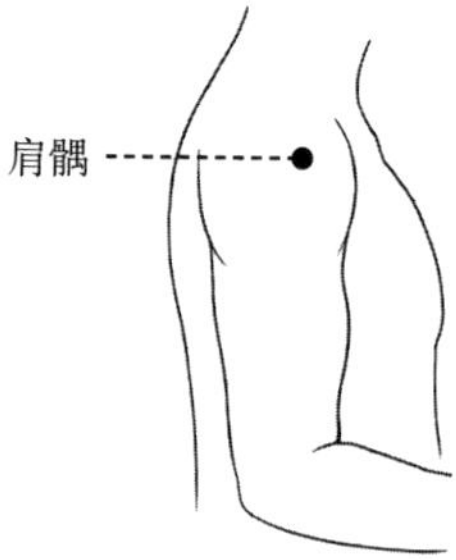

图 8-1　肩髃

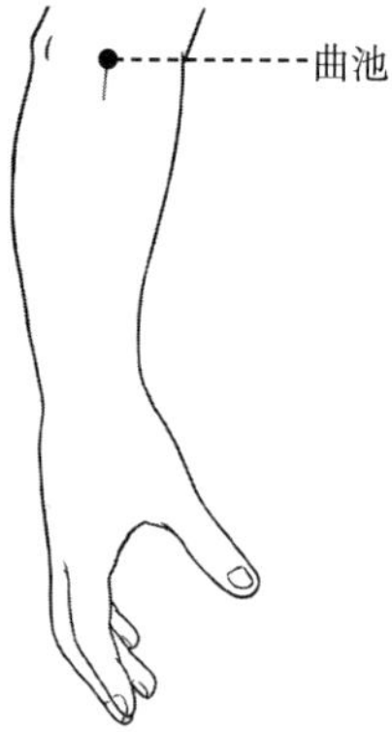

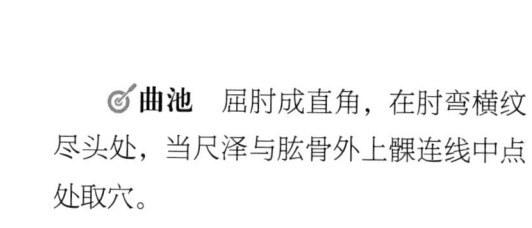

✓ 曲池　屈肘成直角，在肘弯横纹尽头处，当尺泽与肱骨外上髁连线中点处取穴。

图 8-2　曲池

合谷 位于手背第1、第2掌骨之间，近第二掌骨之中点处。

简易取穴法：当拇、食指并拢时，在第一骨间背侧肌隆起之中央处；或以一手的拇指指骨关节横纹，放在另一手拇、食指之间的指蹼缘上，当拇指尖下是穴。

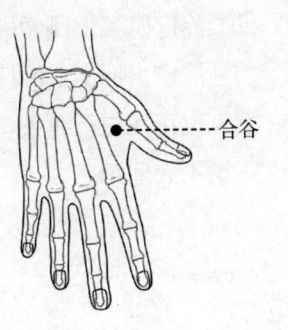

图 8-3　合谷

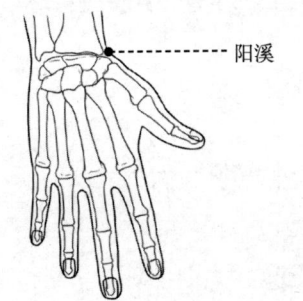

图 8-4　阳溪

阳溪 位于腕区，拇指上翘，在手腕桡侧，当两筋（拇长伸肌腱与拇短伸肌腱）之间，解剖学"鼻烟窝"凹陷中取穴。

环跳 侧卧屈股，在股骨大转子最高点与骶骨裂孔的连线上，当外1/3与中1/3的交点处。

简易取穴法：半握拳，小指掌关节按在股骨大转子顶端，向尾骨方向下按，拇指尖到达处就是这个穴。

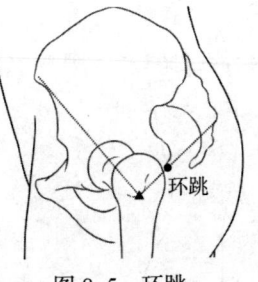

图 8-5　环跳

🌊**梁丘** 在膝髌骨外上缘上2寸凹陷中。在髂前上棘与髌骨外上缘的连线上，从髌骨外侧缘约三个手指左右的地方取穴。

🌊**血海** 在膝髌骨内上缘上2寸，当股四头肌内侧头的隆起处。

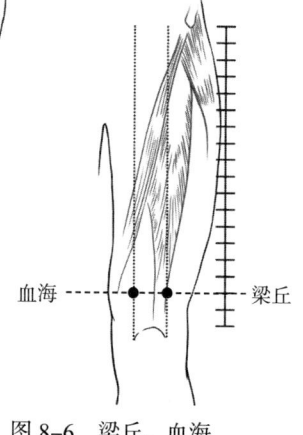

图 8-6 梁丘、血海

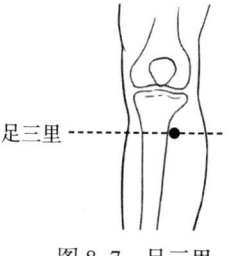

图 8-7 足三里

🌊**足三里** 在外膝眼下3寸，胫骨前嵴旁开1横指处。

简易取穴法：坐位屈膝，将除大拇指外的四指并拢，食指置于外膝眼下，小指与胫骨前嵴旁开一横指相交处取穴。

🌊**解溪** 在足背，踝关节横纹中央凹陷处，拇长伸肌踺与趾长伸肌腱之间取穴。

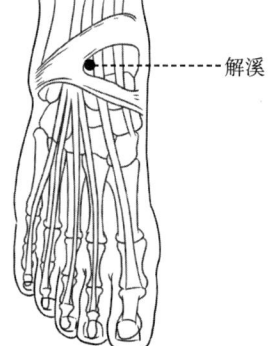

图 8-8 解溪

1 患者坐位，术者立于患者患肩侧，以一手拇指点压住肩髃穴，一手拇指点压住肩前穴，两手同时用力下压并旋揉 30 秒，局部有酸胀重感后松开片刻，然后在点压两穴，反复 5 次。

2 术者一手托住患肢，一手拇指置于曲池穴上，其余四指置于肘关节内侧，与拇指相对，拇指用力点压曲池穴并旋揉 15 秒，局部有酸胀后放松，然后再次按压，反复 5 次。艾炷灸或温针灸 5~7 壮，艾条灸 5~20 分钟。

3 术者以一手扶持住患者的手，另一手拇指置于合谷穴上，食指与拇指相对夹持住与合谷相对应的手掌部位，然后两指同时用力，力量由轻渐重，至合谷穴局部有酸胀感，按压 30 秒后放松片刻，然后再行按压。可两手交替，反复多次，至疼痛缓解。患者也可自行用一手拇指按压另一手合谷穴。

4 术者一手握住患手，一手拇指置于阳溪穴上，其余四指置于腕部尺侧，与拇指相对，五指同时用力，拇指点压并旋揉，持续 15 秒，放松片刻，再次点压，反复 5 次。

患者侧卧位，患侧在上，术者以一手拇指用力按压环跳穴15秒，放松片刻，再次按压，反复5次。如患者体胖，肌肉丰厚，也可以用肘尖抵住环跳穴，用力下压。

 患者仰卧，术者立于患侧，以双手拇指分别置于梁丘穴和血海穴上，用力按压和旋揉30秒，放松片刻，再行按压，反复5次。

7 患者坐位，双膝自然下垂，或仰卧位，双膝屈曲置于床上，术者双手拇指分别置于双侧足三里穴上，其余四指置于小腿后方，与拇指成对持状，五指同时用力，拇指同时做旋揉，患者局部有酸胀重感，持续30秒，放松片刻，然后再行按压，反复5次。

 患者仰卧，术者一手固定足部，一手拇指置于解溪穴上，用力按压并旋揉30秒，然后放松片刻，再行按压，反复5次。

✦ 应用

1 肩髃穴为手阳明大肠经腧穴，疏经活络、通利关节作用甚强，诸如肩臂痛、半身不遂、手臂挛痛不能上举皆可应用。常与肩前、肩贞合用，为"肩三针"。

2 曲池穴为手阳明大肠经的合穴，为治疗上肢瘫痪及疼痛的常用穴位。治疗瘫痪应强采用刺激手法。

3 合谷穴为手阳明大肠经的原穴，除了有很好的镇痛作用外，还可治疗半身不遂、手臂瘫软无力。

4 阳溪穴为手阳明大肠经的经穴，用于治疗手腕无力或疼痛，可配合阳池、肩髃、曲池、腕骨、合谷、鱼际。还可以治疗头痛、目赤肿痛、耳聋等头面五官病症，配下关、关冲、液门、阳谷穴治耳聋、耳鸣。配少海、液门治咽喉肿痛。

5 环跳穴现代常用于治疗坐骨神经痛、下肢麻痹、半身不遂、腰腿痛、髋关节及周围软组织疾病。治疗下肢瘫痪常配委中、风市、足三里、阳陵泉。

6 梁丘穴为足阳明胃经郄穴，有调理脾胃之效。治疗痿证常配足三里。

7 血海穴为足太阴脾经腧穴，为脾经所生之血的聚集之处，故称"血海"，具有健脾养血之功效。适用于气血不足、气血不调之证。

8 足三里为足阳明胃经合穴，有很强的补益气血作用，是治疗痿证的主要腧穴，也是有名的强壮穴，针或灸均有良好疗效。

9 解溪穴常用于治疗足下垂、神经性头痛、胃肠炎、踝关节及其周围软组织疾患等，多配足三里、丰隆、阴陵泉等穴；配昆仑、太溪治疗踝部痛。

范光禄腹脚肿胀，不速客百针愈疾

故事讲

《太平广记》是我国古代第一本文言纪实小说，是宋太宗赵炅（公元939—997年）下令编纂的，全书500卷，目录10卷，取材于汉代至宋初的纪实故事，因成书于宋太平兴国年间，和《太平御览》同时编纂，所以叫做《太平广记》。

书中记载了这样一个故事。有位叫范光禄的人得了病，腹部和双下肢浮肿，不能饮食，十分痛苦。某天，忽然家中来了一人，也不通报姓名，便径直走进范光禄的书房，坐在他床边。范光禄很是诧异，对来人说："你我并不相识，怎么到我这儿来了？"来人答道："我是来为你治病的。"听闻此言，范光禄将信将疑，但

还是脱去衣服给他看肿胀的双足。来人见状，便拿出针在他患处行针。只一会儿功夫，就在他的两足和膀胱附近的穴位上进针了一百多次，流出黄脓水三升多。治疗完这个人就走了。第二天再看，针刺的地方不见伤痕，范光禄的病居然渐渐好了。

出自《太平广记·卷二百十八》《齐谐》

针说理

（一）范光禄得的是什么病？

先说说范光禄的病情。这个故事来源于《太平广记》和《奇谐》，《太平广记》中说范光禄"双脚并肿"；而《奇谐》则为"腹脚并肿"，两者相比，"腹脚并肿"比较重。需要说明一下，这里的"脚"实际上包含了小腿。"脚"这个字最早见于东汉许慎的《说文解字》，《说文解字》说："脚，胫也。"胫就是小腿。造字本义为胫、足的总称。现在我们说的脚，过去叫"足"，后来"脚"的本义缩小了，仅指足。所以"腹脚并肿"是说腹部和小腿连脚同时肿胀。因为腹部也肿胀，所以不能饮食。如果只是"两脚并肿"，没有腹肿，恐怕暂时不会影响到饮食。另外从后面描述的针刺数量和出黄水的量来看，也以"腹脚并肿"更符合实际情况。从以上分析来看，范光禄患的是水肿病。

（二）水肿是怎么回事？

水肿是因为血管外的组织间隙中有过多的体液积聚，这种组织间隙（通常是指皮下或皮下组织）过量的体液潴留就称为水肿，如果是体腔内水液增多则称为积液。

根据分布范围，水肿可表现为局部性或全身性，全身性水肿时往往同时伴有积液，如腹水、胸腔积液和心包腔积液。范光禄的"腹肿"恐怕就是腹腔积液。

下肢（包括足）水肿是局部性水肿，分为生理性浮肿和病理性浮肿。主要见于以下几种疾病性浮肿。

（1）心性浮肿：患有各种心脏病患者，当心功能不全时，体循环障碍，使下肢静脉回心血量减少，引起浮肿。

（2）肝性浮肿：各种肝炎发生肝硬变后，由于肝脏合成白蛋白减少，造成低蛋白血症，血浆渗透压降低，可引起下肢浮肿。

（3）肾性浮肿：急、慢性肾炎或肾病综合征患者，肾小球滤过功能降低，造成体内水钠潴留，此外再加上大量的蛋白尿出，产生低蛋白血症，从而引起浮肿。

（4）甲状腺功能低下性浮肿：甲状腺功能低下时，患者真皮层黏多糖沉积，细胞间积聚多量透明质酸、硫酸软骨素和水分，可引起下肢浮肿。

（5）下肢深静脉病变性浮肿：下肢深静脉炎或下肢静脉瓣膜功能不全时，由于静脉回流受阻，患者可出现下肢浮肿。

（三）中医对水肿是怎么认识的？

中医认为水肿是由于肺失通调、脾失转输、肾失开合、膀胱气化不利，导致体内水液潴留，泛滥肌肤，表现以头面、眼睑、四肢、腹背甚至全身浮肿为特征的一类疾病，严重者还可伴有胸水、腹水。

水液的运行与输布，要靠气的推动，人体的气化功能出现障碍，水液运行输布就会停止，水肿遂作。在水肿的发病机制上，肺、脾、肾三脏是相互关联、相互影响的。

肺与肾的关系是母子关系，肺属金为母，肾属水为子，若肾虚水泛，上逆于肺，则肺气不降，失其通调水道的功能，而使肾气更虚，加重水肿。反之，肺受邪传入肾脏时，亦能引起同样的结果。

脾与肾的关系是土与水的关系，相制相助。如脾虚不能制水，水湿壅盛，必损阳气，阳虚益甚，必然损伤肾阳。反之，肾阳衰微，不能温煦脾土，脾肾俱虚，则水肿更加严重。

因此肺、脾、肾三脏与水肿之发病，是以肾为本，以肺为标，而以脾为制水之脏。《景岳全书·肿胀篇》说："凡水肿等症，乃肺脾肾三脏相干之病，盖水为至阴，故其本在肾；水化于气，故其标在肺；水唯畏土，故其制在脾。今肺虚则气不化精而化水，脾虚在土不制水而反克，肾虚则水无所主而妄行。"

足肿，有的为全身水肿的一个局部症状，有的为单纯足部肿胀。单纯足部肿胀多与脾和肾相关，脾主肌肉四肢，因湿热太甚，脾气不足，脾虚气滞，久病正虚所致。

（四）针灸怎么治疗水肿？

如前所述，水肿是全身气化功能障碍的表现，所谓水不自行，赖气以动，肺、脾、肾三脏功能失调，气化不利，水肿由生。因此要治疗水肿，就得调理肺、脾、肾，而针灸就有很好的调理肺、脾、肾三脏的功能。另外针灸可以疏通经络、通调三焦水道，使水液排出通畅。还可以在水肿局部用火针点刺放水，改善局部水肿。穴位中也有专门治疗水肿的腧穴，如水分、水道等。

临床上中医根据起病的缓急、临床表现及体征将水肿分为阳水与阴水。

（1）阳水：发病较急，初起面目微肿，继则遍及全身，腰以上肿甚，皮肤光亮，阴囊肿亮，胸中烦闷，呼吸急促。或形寒无汗，苔白滑，脉浮紧；或咽喉肿痛，苔薄黄，脉浮数。取肺、脾经穴为主。针用平补平泻法，以宣肺、解表、利水；表邪退后，宜参用阴水治法。

针刺可选用列缺、合谷、偏历、阴陵泉、委阳。阳水为病，系肺气失宣，水湿内停所致，腰以上肿宜发汗，故取列缺、合谷发汗解肌，通利肺气；腰以下肿宜利小便，故取偏历、阴陵泉利小便以消水肿；委阳为三焦下合穴，功可调三焦气化功能以消水肿。

（2）阴水：发病较缓，足跗水肿，渐及周身，身肿以腰以下为甚，按之凹陷，复平较慢，皮肤晦暗，小便短少。或兼脘闷腹胀，纳减便溏，四肢倦怠，舌苔白腻，脉象濡缓；或兼腰痛腿酸，畏寒肢冷，神疲乏力，舌淡苔白，脉沉细无力。取足太阴、少阴经穴为主。针刺用补法，并用灸法，以温补脾肾，利水消肿。

针刺可选用脾俞、肾俞、水分、复溜、关元、三阴交。阴水病因脾肾阳虚，针灸脾俞、肾俞、复溜可温脾肾元阳，促三焦气化；灸水分利水以消水肿；灸关元培补元气以温下焦；补三阴交健脾利湿，通利小便。

也可以采用耳针的方法，取穴为肺、脾、肾、三焦、膀胱、皮质下。每次取2~3穴，中等刺激，隔日1次。也可用耳穴埋豆法。

水肿点穴
小处方

【处方】水分、关元、水道、肾俞、脾俞、阴陵泉、复溜

【取穴】

✐**水分** 位于上腹部，前正中线上，当脐中上1寸。（即：肚脐上一拇指宽处。）

✐**关元** 在脐下3寸，腹正中线上。

✐**水道** 关元穴旁开2寸。

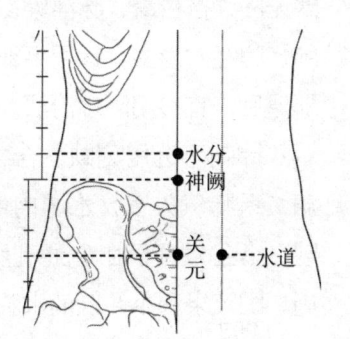

图9-1 水分、关元、水道

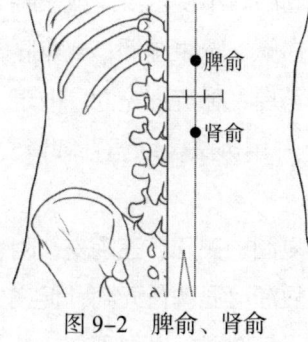

图9-2 脾俞、肾俞

✐**肾俞** 在第2腰椎棘突下旁开1.5寸（距后正中线大约两指宽），是足太阳膀胱经的穴位。

✐**脾俞** 在第11胸椎棘突下旁开1.5寸（距后正中线大约两指宽），也是足太阳膀胱经的穴位。

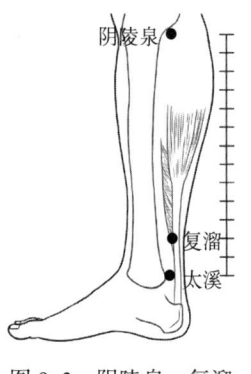

阴陵泉　在小腿内侧，当胫骨内侧髁后下方凹陷处。

简易取穴法：以拇指顺着胫骨内侧后缘向上推，到拐角处即是。

复溜　在小腿内侧，太溪穴（跟腱与内踝尖连线的中点）直上2寸，跟腱的前方。

图 9-3　阴陵泉、复溜

操作

1　患者仰卧，术者立于一侧，以双手中指分别置于水分穴和关元穴上，同时用力按压 30 秒，放松片刻，再行按压。

2　术者以双手拇指置于阴陵泉穴上，其余四指置于胫骨外侧，拇指用力按压并旋揉 30 秒，反复 5 次。

3　患者俯卧，术者双手拇指置于脾俞穴上用力向下按压 30 秒，至局部有酸胀感。然后双手拇指置于肾俞穴上用力向下按压 30 秒，至局部有酸胀感，两穴交替进行，反复 5 次。

4　术者以双手中指分别置于两侧水道穴上，同时用力按压 30 秒。以上操作反复 5 次。

5　术者双手拇指置于复溜穴上，其余四指置于腓骨侧，同时用力，拇指按压旋揉复溜穴 30 秒，放松片刻，再行按揉，反复 5 次。

1 水分穴可治各种水液代谢性疾病，如水肿、腹水、腹痛、腹胀、腹泻、肠鸣、翻胃等。常与气海、关元、中脘等穴配伍。

2 关元穴是任脉腧穴，位于丹田部位，有补益元气、强肾固本之功，为人体强壮穴之一。

3 水道穴为足阳明胃经腧穴，配三阴交、中极，主治痛经、不孕；以上三穴也可艾炷灸5~7壮，艾条灸5~10分钟。

4 肾俞穴有强腰健肾功能，是治疗肾虚的常用穴，不仅用于肾虚腰痛，也常用于肾虚水肿，多与脾俞、膀胱俞合用。

5 脾俞是足太阳膀胱经上的腧穴，有健脾和胃，运化水湿的功能。用于治疗腹胀、腹泻、痢疾、呕吐、纳呆、水肿等疾病，常配胃俞、足三里、阴陵泉等。

6 阴陵泉属足太阴脾经，为足太阴脾经经气所入之合穴，在五行中属水。具有健脾利湿、益气固本、消肿止痛的作用。临床主要用于治疗腹胀、水肿、心胸痞满等疾病以及膝关节疾病。

7

复溜是足少阴肾经的经穴，善疏通肾经经气，行气化水，通调水道，故对水液代谢有良好的调节作用，无论水肿、癃闭之症，还是遗尿之疾，均能调理，这一临床运用也是双向调节作用。

程公母咽中生痈，
范九思笔里藏针

故
事

《流注指微赋》是一篇有名的针灸歌赋，由金代何若愚所编，收集在同时代阎明广编著的《子午流注针经》中，阎明广同时对这篇歌赋做了注释。在这篇赋中记载了这样一个故事。

有一位姓程的江夏太守，他的母亲咽喉部突然长了个痈，长得很快，已经影响到了呼吸。当医生来治疗时，程太守只让用药治疗，不让用针刺的方法，怕对他的母亲有伤害。医生说，咽喉严重堵塞，气都不通，药如何下咽？药不能进，病怎么能很快好呢？所以都不敢接手治疗。后来有个叫范九思的医学博士知道了这件事，对

程太守说，我有药，可以很快治好这个病，但是得用没有使用过的新笔，蘸上药后点在病灶处才行。于是程太守取来一支新毛笔，范九思用毛笔蘸上药后就往痈上点，只见痈肿处有紫黑色血液突然涌出，随之咽喉就可以通气了，病也很快好了。程太守大喜，夸赞到："真是太神奇了。"于是设宴款待范九思，并向他求取药方。九思大笑说："您母亲的病是热毒蕴结在咽喉，堵塞气道而呼吸不通，所以导致病情危重。您执意要求医生只能用药，不可用针，如果顺从您的要求，则必然耽误救治，性命难保；而如果不顺从您的要求，又无法施治。我那天曾用一支小针藏在笔头中，谎称是用笔来点药，实际上是用针刺开痈肿而取效，若非如此，怎么会突然有大量的紫血流出来呢？"程太守至此方才明白用笔点药的奥秘，高兴地说："针刺的方法有祛除疾病的功效，今天就是一个验证。"

出自《流注指微赋》

针说理

（一）什么是痈？

这个故事中程太守的母亲咽喉部长了"痈"，痈是一种什么病呢？

痈，是一种常见的外科疾病，是多个相邻的毛囊及其所属皮脂腺或汗腺的急性化脓性感染，或由多个疖（比痈小的毛囊急性化脓性感染灶）融合而成。致病菌为金黄色葡萄球菌。当然这是现代医学对"痈"的定义，如果故事中的"痈"也是这个解释，就说不通了，咽喉部怎会有毛囊呢？显而易见，故事中所说的"疖"与现代医学的"疖"还不是一回事。

中医认为，疖多为热邪不得外泄，聚于局部，成火毒之势，销蚀肌肉而成。轻者局部焮热红肿，重者化腐成脓，可伴有剧痛，甚至高热口渴，尿赤便干，患者十分痛苦。古人将有这一类临床表现的疾病都称为"痈"。

痈随所发部位不同而有不同的称谓，如发于颈项的称"颈痈"，发于臀部的称"臀痈"，发于乳部的称"乳痈"等。而程太守之母所患的痈发于喉部，所以应该称为"喉痈"。喉痈，现代医学称为急性扁桃体炎，这是一种急性感染性疾病，好发于上呼吸道感染之后，临床上常常因感冒引起，是一种常见病。

知识拓展 急性扁桃体炎怎么分度？

急性扁桃体炎根据程度不同可以分为3度。Ⅰ度，扁桃体肿大，但不超过腭舌弓、腭咽弓；Ⅱ度，扁桃体肿大，超过腭舌弓、腭咽弓，但不到中线；Ⅲ度，扁桃体肿大超过中线。本病发作时可有局部和全身表现，如咽痛、恶寒、发热等，Ⅱ度以上的扁桃体肿大可导致打呼噜、憋气等，此时需切除扁桃体，解除口咽部堵塞，还可以缓解打呼噜的情况。本书第一节"摘扁桃不用麻药，针麻术震惊世界"所讲的故事就是用针麻的方法摘除肿大的扁桃体。

（二）针刺疗痈真有奇效吗？

针刺放血是非常有效的治疗疮痈肿痛的方法，通过放血可以疏通血脉、泄热止痛、解毒排脓，效果立竿见影。痈未化脓时，其质地比较坚硬，观之局部高凸红肿，触之炽热灼手，可用三棱针在痈的周围点刺放血，如果再加上拔罐，增加放血量，则效果会更好。

喉痈也可以用针刺放血的方法治疗，方法是让患者张大嘴，充分暴露扁桃体，术者手持三棱针对准肿大的扁桃体（如果有脓点则对准脓点），快速用力点刺2~3下，此时会有血或脓流出，不必吐出（也不好往出吐），咽下即可，往往发热咽痛可迅速缓解。

手指尖放血也能治疗喉痈。唐代医学大家孙思邈的《千金翼方》中介绍了一个故事，唐朝时深州（今河北深县）刺史（地方政府一把手）成君绰，突然发生颈部肿胀，喉中闭塞，水米不能进。三天后，经孙思邈推荐，转由名医甄权治疗。甄权用针刺成君绰右手次指末端，片刻后患者气息通畅，次日饮食恢复正常。这个故事在明代医家高武的《针灸聚英》中也有描述，但针刺方法更具体，"甄权以三棱针刺之，微出血，立愈。"为什么在远端穴位放血可以治疗喉痈呢？喉痈治疗之法，一是将痈刺破，使热毒外泄。再有就是将火源泄去，手的次指之端是手阳明大肠经的井穴商阳穴，阳明经上行于颈部，在此穴放血可使热随血泄，痈肿就好了，《针灸聚英》说是"泻脏热也"。这就是中医的上病下治，釜底抽薪之法。

明代医家吴崑编著的《医方考》也有一个类似的故事，名字就叫《笔针》。说李王的一位公主患喉痈，数日痛肿，饮食不下。召来医官诊治，都说须用刀或针刺破痈肿才能治愈。公主听说要用刀针，哭不肯治。但是疼痛越来越重，以致不能饮食。某天一位乡村郎中听说此事，便说到："我不用刀针，只用笔头蘸上药施到痈上，痈瞬间便可破溃。"公主闻言大喜，赶忙将他召来治疗。刚刚上了两次药，痈就破了，出脓血一茶杯多，症状由是缓解，两天后便好了。李王让他告知所用的方药，他说："就是将针绑在笔中，轻轻划破痈肿，使它破溃罢了，没有什么其他方法。"清代魏之琇编辑、王孟英重编的《续名医类案》里也介绍了许多针刺痈肿的案例，并总结说："治喉之方固多，惟用针有回生之功。"可见针刺治疗喉痛是经过大量临床实践且行之有效的方法。

（三）针刺的技巧

这个故事虽未提及范九思的医术，但想必是不错，否则不会被程太守请去为母治病。使用放血疗法这种常用技术治疗疮疡痈疽对于他来说应不是什么问题，就是在咽喉部放血对他来说也不是难度很高的技术。因此这次治疗的关键不在于怎样操作，而在于如何瞒过程太守。范九思笔里藏针可谓奇思妙想，在程太守浑然不觉中迅捷取效，挽救了他母亲的性命，而且还是太守亲自递的笔，这确是神来之"笔"。

我们常说，针刺有技巧，大多数人都理解为针刺的操作技术，实际上如何施用针刺技术也是针刺的技巧之一。针刺方法再好，操作水平再高，患者或家属不接受，医生也无计可施。此时医生面对的就不是如何操作的问题了，而是如何让患者或家属接受操作的问题。这不是"术"的问题，而是"法"的问题。

临床上我们也常面临类似"程太守"的问题，当然很少是在危急时刻。临床上大多遇到的是患者或家属对针刺疗法的不接受，当然是恐惧心理作怪，其中最主要的原因是怕痛，认为针刺入人体一定很痛。特别是一些文学或影视作品对针刺的负面渲染，比如电影《风声》中的所谓"针刑"，更令患者对针刺疗法畏之如虎。

如何让这样的患者接受针刺治疗呢，就要看医生的"针刺技巧"了。这里包含沟通技巧和操作技巧。遇到这种情况，一方面需要语言诱导，从心理上消除患者对针的恐惧。同时要实际操作，让患者从躯体上体会到针刺的"不痛"效果，而后者更显重要。我们可以选择患者肌肉丰厚之处，如大腿、上臂，用较细的毫针（如直径 0.25mm 甚至 0.22mm）或者采用套管针快速刺入，只要操作熟练，患者大多没有痛感。笔者还常常针刺畏针者头部的腧穴，效果更好，因为患者一般都认为针刺头部会很痛，实际上大多数人针刺头皮并不痛，在他认为本应最痛的部位针刺都无痛感，那他对针刺疗法就可欣然接受了。甚至对一些儿童患者采用这种方法都能让他们接受针刺治疗。

咽痛点穴
小处方

【处方】少商、商阳、尺泽、列缺、照海
【取穴】

☑ **少商** 在大拇指指甲桡侧缘，距指甲角 1mm 处。

☑ **商阳** 在食指指甲桡侧缘，距指甲角 1mm 处。

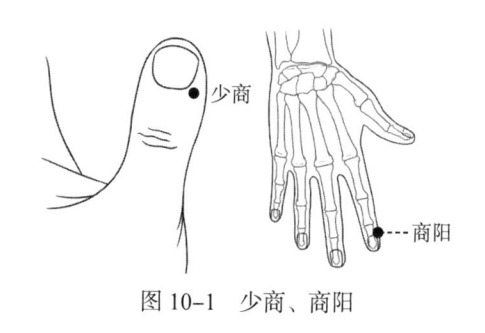

图 10-1 少商、商阳

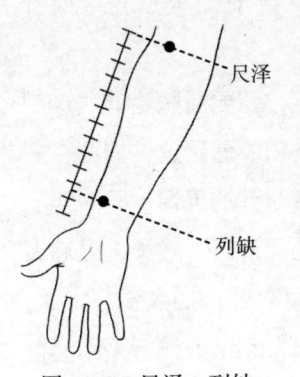

图 10-2 尺泽、列缺

尺泽 微屈肘，在肘横纹上，肱二头肌肌腱的桡侧缘。

列缺 前臂桡侧缘，桡骨茎突上方，腕横纹上 1.5 寸（以取穴者自己拇指的指间关节的宽度为 1 寸），当肱桡肌与拇长展肌腱之间。

简易取穴法：两手虎口自然平直交叉，一手食指按在另一手桡骨茎突上，指尖下凹陷中取穴。

照海 足内踝正下的凹陷中取穴。

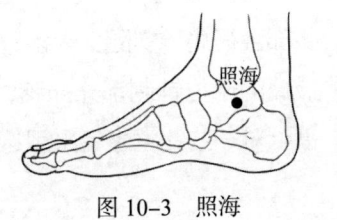

图 10-3 照海

操作

1 少商三棱针放血。局部消毒后，术者一手持握患者拇指，先由根部向尖部推挤数次，使血液聚集于指尖部，然后捏紧拇指，一手持三棱针，针尖抵住穴位，迅速点刺使出血，出血量宜大，至少要 5 滴以上。另一只手同法操作。商阳针刺方法同少商穴。

2 术者双手握住患者双肘，拇指置于尺泽穴上用力按压并旋揉 30 秒，放松片刻，再行按揉。

3 　术者一手握住患者手腕，一手拇指置于列缺穴上，用力向下按压，并做上下推拉动作 15 秒，局部有酸胀感后放松，与尺泽穴交替按压，反复 5 次。

4 　患者俯卧位，术者立于患者足位，双手握住患者双侧足踝，拇指用力点压照海穴 15 秒，放松片刻，再行按压，反复 5 次。

应用

1 　少商穴是手太阴肺经的井穴，咽喉属于肺系，肺经有热会影响到咽喉，出现咽喉肿痛。少商穴放血还有一个用处，当患者牙关紧闭不能张口刺痛或不能进药时，少商放血可使患者张口。明代医家薛立斋曾用此法救治过口噤不开，药不能进的患者。

2 　商阳穴是手阳明大肠经的井穴，手阳明大肠经与手太阴肺经是表里关系，同时手阳明大肠经上行于颈项部。在此处放血可帮助少商穴发挥作用。

3 　尺泽是手太阴肺经的合穴，有通调肺气的作用，咽喉为肺系，所以尺泽可以治疗咽喉疾病。

4 　列缺穴是手太阴肺经的络穴，有疏风解表、宣肺理气、止咳平喘的功效，虽然肺经不上头面，但列缺穴是络穴，络于手阳明大肠经，手阳明大肠经上头面，故本穴可治疗头面五官的疾病，也因之古有"头项寻列缺"之说。

5

照海是足少阴肾经腧穴，是八脉交会穴，通阴跷脉。阴跷脉属足少阴肾经的支别，上行于咽喉，故有滋阴清热、润喉利咽的作用。照海润喉咙，对咽喉肿痛伴有咽干口燥、大便不通有良好疗效，针刺时边捻转针柄边让患者吞咽口水，往往能立刻感觉咽喉湿润，疼痛减轻。治疗咽干、咽痛常配列缺穴。

狄仁杰项后行针，
富家子鼻瘤立坠

故事讲

狄仁杰（公元630—700年）是唐代政治家，武则天时期的宰相，以不畏权贵著称。狄仁杰一生为官，两次做宰相，终身清廉，为民请命，剿匪除恶，惩治腐败，铲除贪官，辅助武则天建立起盛唐大业，为治理国家和地方立下许多汗马功劳。

相传狄仁杰也爱好医术，特别擅长针灸。显庆年间（公

元656—661年）应皇帝征召入关，途经华州街市北面时，看到很多人在围观。他勒住马远远望去，只见一块高大的牌子上面写着八个大字："能疗此儿，酬绢千匹"。狄仁杰走上前去观看，原来是个富家的孩

子，年纪约十四五岁，躺在招牌下面。只见孩子的鼻子下面生了个肿瘤，有拳头那么大，根部连着鼻子，像筷子那么细。因为肿瘤大，两只眼睛也被往下拉，两眼翻白。如果触摸它，孩子就感到刺骨的疼痛。孩子病情危重，气息奄奄。狄仁杰看了很心痛，于是说："我能给他治疗。"孩子的父母及亲属立即叩头请求他医治，并叫人用车拉来一千匹绢放在狄仁杰旁边。狄仁杰叫人把孩子扶起来，用针在他的脑后扎进去一寸左右，便问孩子："你的瘤子上有感觉吗？"病孩点点头。狄仁杰马上把针拔出来，刹那间肿瘤竟然从鼻子上掉下来了，孩子的两眼也顿时恢复了正常，病痛全部消失。孩子的父母及亲戚边哭边磕头，一定要把一千匹绢送给狄仁杰。狄仁杰笑着说："我是可怜你儿子性命危在旦夕。这是急患者之急，为患者解除痛苦罢了，我不是靠行医吃饭的。"说罢便径自离开了。

出自唐·薛用弱《集异记》、明·江瓘《名医类案》

针说理

（一）肿瘤是怎么回事？

1. 孩子得的是什么病？

我们先来看看孩子得的是什么病。从孩子的症状看应该是一个肿瘤。说起肿瘤大家会闻之色变，因为在大家的印象中肿瘤是不治之症。这里有误区，其实肿瘤是我们人体局部组织细胞在各种致瘤因子作用下增生所形成的新生物，所以肿瘤实际上是人体正常组织增生的结果。因为这种新生物多呈占位性块状突起，所以也称赘生物。孩子的这个赘生物长在了鼻子上。

2. 认识肿瘤

（1）肿瘤的分类

根据新生物的细胞特性以及对机体的危害性程度，可以将肿瘤分为良性和恶性两大类。良性肿瘤和恶性肿瘤的病理学形态、生长方式以及对患者的危害程度差别很大。

良性肿瘤生长缓慢，有包膜，膨胀性生长，边界清楚，摸之可滑动，不转移，预后一般良好。比如常见的脂肪瘤、子宫肌瘤等。

恶性肿瘤又称为"癌"或"肉瘤"。癌是指来源于上皮组织的恶性肿瘤。肉瘤是指间叶组织，包括纤维结缔组织、脂肪、肌肉、脉管、骨和软骨组织等发生的恶性肿瘤。如由大肠黏膜上皮形成的恶性肿瘤称为大肠黏膜上皮癌，简称大肠癌；由皮肤上皮形成的称皮肤上皮癌，简称皮肤癌等等。所以，若医生说某某人患的是癌症，即表明患者长的是恶性肿瘤。若说某某人患的是胃癌，意思是患者的胃黏膜上皮形成的恶性肿瘤；若说患者得的是胃肉瘤，则表明这种恶性肿瘤不是由黏膜上皮细胞所形成的，可能由平滑肌细胞恶变引起，或是属于胃的恶性淋巴瘤等。但也可笼统地说他罹患了癌症。

恶性肿瘤（癌）生长迅速，侵袭性生长，与周围组织粘连，边界不清，摸之不能移动，易发生转移，治疗后易复发。早期即可能有低热、食欲差、体重下降；晚期可出现严重消瘦、贫血、发热等，称为"恶液质"，如不及时治疗，常导致死亡。

（2）血癌是怎么回事？

以上的肿瘤有实体存在，所以也称实体瘤。还有一种肿瘤不是以实体存在的，而是存在于血液中的，这就是白血病。白血病是一种血液系统的恶性肿瘤，所以俗称"血癌"。它是由骨髓中某型未成熟的白细胞弥漫性恶性生长，取代正常骨髓组织并进入血液中形成的。因在患者的血液中出现大量的这种肿瘤性白细胞，以致血液呈现乳糜样颜色的特征，人们便称它为白血病。

3. 良性肿瘤会不会恶变？

良性肿瘤绝大多数不会恶变，很少复发，生长缓慢，对机体影响较小。但这并不是说良性肿瘤没有危险。相反，有些良性肿瘤对人体危害很大，必须密切关注。当良性肿瘤生长在身体要害部位，这些部位空间又相当有限时，同样可造成致命的后果，如生长在头颅内的巨大良性肿瘤。发生在胃肠壁或肠腔内的良性肿瘤，因为瘤体增大会引起梗阻、出血、穿孔、黄疸等急症，延误治疗也可导致死亡。就像这个故事中的孩子，肿瘤虽然是良性的，但由于瘤体较大、位置特殊，所以影响了周围器官，病情严重。

另外，有些良性肿瘤会发生恶变，一旦变成恶性，其后果与恶性肿瘤相同。比较容易恶变的肿瘤有胰腺良性肿瘤、甲状腺腺瘤、乳腺纤维瘤、子宫瘤、胃肠道的平滑肌瘤、软组织的纤维瘤、滑膜瘤、韧带纤维瘤等。这些肿瘤一经发现，也要及时处理好。

（二）针刺真的能治疗癌症吗？

记得 20 世纪 70~80 年代的针灸教材对于针刺的禁忌证的论述总是有这么一条：癌症患者禁用针刺疗法。现在绝大部分针灸教材也还保留这一条，所以癌症禁针已经成为常识。

1. 癌症真的不能针刺吗？

随着对癌症认识的深入和治疗方法的进步，现在针刺治疗癌症已经不是禁忌了。大量临床实践证实，癌症是可以针刺治疗的。

故事中狄仁杰一针就将孩子的肿瘤扎了下来，显系夸张，姑且当做艺术描写观之。但也说明了在古代是有用针刺方法治疗肿瘤的。

金元四大家之一的张子和在他的《儒门事亲》一书中记录了这样一个病案。一天张子和与朋友在一家饭馆中吃饭，见一人上眼角处长了一个肿瘤，瘤子颜色灰绿，个儿比较大，垂下来盖住了眼睛。张子和对朋友说："不等饭菜端上来，我就能把他的瘤子取下来。"朋友不信。张子和就对那人说："我帮你把瘤子取下来，你看如何？"那人说："别人都不敢割下来。"张子和说："我不用刀割，我有其它方法。"那人答应了。于是张子和把他带到另外一个房间，让他躺下，用绳子把他的小腿捆住，防止他乱动。然后取出一支针，刺进他的乳头，出了一些血。再让那人用手揉眼睛，接着又在瘤子上进行针刺，刺出了好多象鸟粪一样的东西，眼看着瘤子就平了。当那人走出房间时，张子和的朋友大为惊骇，简直不敢相信自己的眼睛。

👤 人物介绍

张从正（公元 1156—1228 年），字子和，号戴人。金代医学家，张氏私淑刘完素的学术观点，对于汗、吐、下三法的运用有独到见解，积累了丰富的经验，扩充了三法的运用范围，形成了以攻邪治病的独特风格，为祖国医学的病机理论和治疗方法做出了贡献，被后世称为金元四大家之一，又称为"攻邪派"的代表。他一生著述颇丰，著有《儒门事亲》等。

2. 针刺为什么能治疗癌症？

北京中医药大学第三附属医院针灸微创肿瘤科主任黄金昶对此有丰富的经验。他认为通过针灸对肿瘤进行局部治疗，抑瘤率很高。究其原理，从两方面可以解释。

（1）宏观来看，如果皮肤被针扎一下，会出现轻微红肿的现象，这表明针刺局部的免疫功能提高。在生活里也有这样的例子，如一个小刺扎进皮肤里，过几天局部皮肤会变红肿，会把刺"顶"出来，原因在于异物的侵入会使人体的局部免疫功能增强。基于这样的原理，可以在肿瘤的四周针灸，这相当于人为创造异物，以此激发肿瘤局部的免疫功能，进而"围攻"肿瘤。有的患者经火针治疗后立即想睡觉，睡后会觉得特别有精神，这是因为火针后，全身的气血向火针部位汇集，别的部位气血会相对较少，人就会感到困倦。

（2）从微观上来讲，针灸主要通过促进改善肿瘤免疫微环境、改善肿瘤局部血管的生成、促进肿瘤细胞凋亡发挥抗肿瘤作用。针灸治疗可改善恶性肿瘤患者机体的免疫功能，其特点与中医消除肿瘤"攻补兼施，则积聚自除"的理念相一致。

3. 针刺治疗癌症的优势在哪里？

针刺治癌的优势主要体现在以下几个方面。

（1）针灸治疗浅表肿瘤有明显优势，针灸联合中药可明显改善症状，部分可以延长生存时间。

（2）减轻放化疗的副作用。针灸可提高癌症患者免疫能力，保护骨髓造血系统，减轻消化道反应如恶心、呕吐等不良反应，减轻直肠反应如放射性肠炎、放射性不全肠梗阻、放射性肛门直肠痛等等，打破重度放射性副反应不可逆转的魔咒。

（3）减轻癌症手术后并发症，如术后肠麻痹、尿潴留、重症肌无力等，并有利于癌症患者术后康复。

（4）可以缓解癌性疼痛、术后伤口炎症等。有研究表明，针灸能够降低癌症患者的疼痛强度，减少阿片类止痛药的使用。

（5）缓解失眠。有近60%癌症患者会被失眠所困扰，可能是由于焦虑、疼痛或者是治疗药物作用导致的。一项针对癌症幸存者失眠的有效性比较的随机试验证明，针灸对失眠具有明显的改善意义。

4. 哪些肿瘤患者不适合针灸？

（1）糖尿病人群：由于糖尿病患者的血糖比较高，一旦形成伤口，即便是小小的针灸针眼，也不容易愈合。如果不注意处理针口或者控制饮食，还有可能引起伤口、针口的感染，所以糖尿病人群不宜实施针灸。

（2）凝血功能障碍人群：例如患血友病、血小板减少性紫癜等疾病的人群，由于这些人群的凝血时间比较长，难以凝血，针口容易流血不止，所以凝血功能障碍人群也是不适宜实施针灸的。

（3）感染：皮肤感染，穴位皮肤破损、溃疡，以及瘢痕和肿瘤部位应避免针灸。

（4）白血病人群不适宜针刺。

（5）冠状动脉支架置入术后、心脏瓣膜置换术后、冠脉搭桥术后、关节置换术后等使用大量抗凝剂者（如华法令、波立维等）应禁针。

（6）过度疲劳、饥饱、喜怒、悲伤，以及惊恐时不要扎针。针刺前患者应静息片刻，待气血平和后再针刺。

（7）腹痛原因未明或肠梗阻患者避免针灸。

肿瘤点穴
小处方

【处方】气海、关元、膻中、中脘、足三里、内关

【取穴】

🔹**气海**　在下腹部，前正中线上，脐中下 1.5 寸（关元穴肚脐连线的中点）处。

🔹**关元**　在脐下 3 寸，腹正中线上。

🔹**膻中**　在胸骨正中线上，平两乳头取穴。

🔹**中脘**　在上腹部，前正中线上，当脐中上 4 寸。在剑突与肚脐连线的中点取穴。

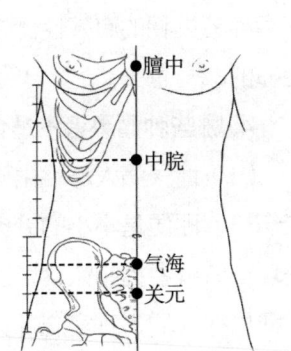

图 11-1　气海、关元、膻中、中脘

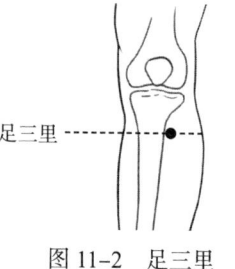

图 11-2　足三里

🎯足三里　在外膝眼下 3 寸，胫骨前嵴旁开 1 横指处。

简易取穴法：坐位屈膝，将除大拇指外的四指并拢，食指置于外膝眼下，小指与胫骨前嵴旁开一横指相交处取穴。

🎯内关　位于前臂掌侧，腕横纹上 2 寸，掌长肌腱与桡侧腕屈肌腱之间。

简易取穴法：以食、中、环三指伸直，食指侧置于掌侧腕横纹上，于环指侧与前臂两筋之间的相交处取穴。

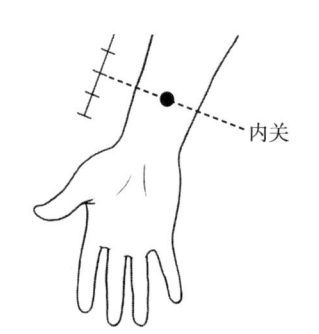

图 11-3　内关

操作

1　患者仰卧，取清艾条或药艾条，点燃后在气海、关元、足三里穴位上雀啄灸 15 分钟；也可将艾绒捏成艾炷，置于穴位上点燃，快燃尽、皮肤有微烫感时取下，换新艾炷，反复 5~10 壮。

2　患者仰卧，术者立于一侧，双手中指分别置于膻中、中脘穴上，用力点压两穴 15 秒，放松片刻，再行点压，反复 5 次。

3 术者用一手握住患者手掌，掌面向上，另一手拇指置于内关穴上，其余四指置于与内关穴相对的前臂背侧，拇指用力按压内关穴局部有酸胀感并旋揉 30 秒，使至症状缓解。也可用小纸团放在穴位上，用拇指按压。

应用

1 气海、关元、足三里穴是传统的强壮穴，有补益正气、抵御外邪、健脾和胃、预防癌症的作用。长灸此三穴可强壮身体，延年益寿。

2 膻中、中脘、内关三穴有宽中和胃、降逆止呕的作用，可缓解胃脘疼痛、化疗后的恶心反应，增加食欲。

故事讲

北宋时有个医生叫王贶（kuàng），字子亨，考城（今河南兰考）人。曾拜南京（今河南商丘）名医宋道方（毅书）学医，后成为其女婿。宋道方医术高超，驰名天下。王贶开始跟他学医时医术尚不精良，有一次在京城旅游，正好赶上蔡京搞盐法变更，有个盐商看到官府的盐改告示后受到惊吓，舌头吐出不能收回，十天来饮食难进，身体日渐消瘦，延请国内名医诊治也束手无策。盐商的家人既忧且怕，便张榜招贤，谓有能治疗此病者，以千金酬谢。王贶见其出钱大方，便揭榜前往，见到盐商的窘态时忍不

住发笑不止。盐商家人嗔怪他，问他为何发笑。王贶说："我笑的是，国都之大，竟无人能治此病！"他对盐商家人说："把我的《针经》拿过来。"《针经》拿来后他翻书寻找，竟然见到有与富商症状相应的治疗穴位，便对盐商家人说："你们家应当给我写个保证书，万一治不好，不能怨我，如果这样我就为他针刺治疗，可立刻见效。"盐商家人不得已只好答应。王贶持针迅速刺入盐商舌下，当针拔出来时，这位盐商的舌头就像蔫了一样，立刻缩了回去，一如常人。盐商家人大喜，如约酬谢于他。又为他广传名声，由此他在京城名声大噪。

出自《中国医籍考》《医学入门·卷首》

针说理

（一）说说中医神志病

1. 盐商患的是什么病？

故事中的盐商得的病叫"舌纵"，舌体伸长吐出口外，回缩困难，或不能回缩，流涎不止。造成舌纵的原因主要是心火炽盛、肝气郁结以及气虚。

从这个盐商患病前的表现来看，应当属于肝气郁结，郁而化火，急火攻心。因为当时蔡京更定钞盐法，凡商人运盐，限以时日，视其远近，各给以"盐引"（购盐、运盐的执照），这样就对盐商做出了一定的约束。故事中的盐商肯定是盐法变更的受害者，看到盐改的告示后，一时不知该怎么办才好，肝郁化火，急火攻心，心开窍于舌，舌为心之苗，心火炽盛，上窜于舌，于是舌外吐不收。这实际上是精神受到强烈刺激的一种表现，应该归为中医的神志病。

2. 中医的神志是怎么回事?

神志就是我们说的精神，中医称之为"神"。中医"神"的概念包括两个方面，一个是广义的，一个是狭义的。广义的神是指人体生命活动的外在总体表现，这种神我们一望可知。感谢中文语言的丰富，使我们有许多形容词来描述这种状态，如神采奕奕、神采飞扬、精神焕发、容光焕发、双目炯炯有神等，是说明这个人精神状态非常好，有神。如果这个人精神状况不好，就会用精神萎靡、神魂颠倒、神不守舍、神神叨叨、目光呆滞等来形容。这就是神的外在表现。

狭义的神则指人的意识思维活动，中医认为这个神是由心主导的，我们现在还将这种意识思维称为心理活动。中医认为心主藏神，"心者，君主之官，神明出焉"。(《素问·灵兰秘典论篇》)心主导人的精神意识，是人体之主宰，人之所以能正常生活工作，不仅需要脏腑协调、肢体健全，而且需要精神、神志正常，如果精神、神志不正常就会影响到脏腑功能以及四肢百骸。所以说"主明则下安……主不明则十二官危，使道闭塞不通，形乃大伤"，人体的平安与否与心有紧密关系。

除了心主神明之外，中医认为人的精神状态与其他四脏也有关系，五脏不正常都会影响到精神活动，所以除了心藏神之外，还有肝藏魂、肺藏魄、脾藏意、肾藏志之说。这是中医整体观念在精神活动方面的体现。比如说肝主疏泻，主管人体气机的顺畅，如果肝有病，疏泻功能失常，就会使气机不畅，影响到人的精神情绪，这时候我们会有一个词来说明这种病理状态，叫"肝郁"。

（二）为什么神志问题会出现各种怪病？

如前所说，因为人的四肢百骸、五脏六腑、气血津液都要靠神志统管，所以神志出现问题就不像某一脏器有病。某一脏器有病，其临床表现一般都会有该脏器的特点，症状会比较典型。神志病的表现则是五花八门，形形色色，前面故事中的盐商因为精神受到刺激就出现了"舌纵"的怪病。

明代高武《针灸聚英》中记载："（朱）丹溪治一妇人，久积怒与酒，病痫，目上视，扬手踯足，筋牵喉响流涎，定则昏眛，腹胀痛冲心，头至胸大汗，痫与痛间作。"这是因生气日久而发的癫痫。

明代王执中《针灸资生经》中记载："有士人妄语异常，且欲打人，病数月矣。予意其时心疾，为灸百会，百会治心疾故也。"这是因受刺激，痰火扰心所致的狂证，即现代医学的精神分裂症。

清代陈虬《蛰庐诊案》中记载：一妇"春间伤风，以幼子自床坠地，受惊，旋病奔豚气从少腹上冲，腹痛寒热，月常数发，至秋未愈。"奔豚气是一种有气从小腹上冲至咽喉的怪病，由惊恐而得，中医认为是气机逆乱。

除了以上疾病，现在临床患病率较高的抑郁症、焦虑症也是常见的神志疾病。

知识拓展 现代医学是怎么认识精神系统疾病的？

与中医传统理论的认识不同，现代医学认为人的精神意识活动是由大脑支配的，大脑是人体的最高司令部，人体的一切功能活动都是在大脑的调节控制下进行的。

如果大脑功能失调，就会导致认知、情感、意志和行为等出现不同程度障碍，出现一系列的临床表现，比如大家都知道的抑郁症、焦虑症、强迫症以及精神分裂症等，这类精神状态异常的疾病统称为精神病。

世界卫生组织（WHO）认为："健康乃是一种身体上、精神上的完满状态，以及良好的适应能力，而不仅仅是没有病或非衰弱状态。"因此健康的标准不仅仅是躯体处于无病状态，精神也应是无病状态。尤其是在生存压力越来越大的现代社会，精神疾病已经成为一种普遍存在的现象，所以应当引起高度的重视。

📝 精神疾病是怎么得的？

大约有如下因素。

（1）生物学因素：大家可能有这样的看法，认为一个人如果出现情绪低落、焦虑忧郁肯定是心理承受能力差、意志力不够，因此总是做思想工作，或求助于心理导师，希望通过心理疏导解决问题。实际上大部分精神方面的问题都有是物质基础的。为什么同样的环境、同样的刺激，有人出现心理问题，而有人不会？这是不是可以说明每个人的体质基础不同，而承受能力各异。当今对心理疾病最热门解释是生物学上的解释：一个有精神疾病的人可能有不同的脑部结构或功能，或者是有不同的神经化学反应，这是由基因或是环境伤害（如胎儿酒精综合征）引起的。例如许多被诊断有精神分裂症的患者被证实在大脑中有肿大的脑室和萎缩的灰质，另外神经递质不平衡（如中枢5-羟色胺不足）也会导致精神疾病。许多遗传和双胞胎研究都证实，躁郁症和精神分裂症等精神疾病是会遗传的。

（2）心理因素：除了生物学的因素，心理因素也是造成精神疾病的重要因素。某人有生物学的基础，但是没有遇到较大的外界刺激，即使有一些家庭矛盾、办公室政治、邻里纠纷等小的不愉快，一般也不会出现精神性疾病，说明心理承受能力还可以。而一旦有亲人去世、生意失败、职场遇挫、罹患癌症等重大刺激，超出了心理承受范围，就可能引发精神疾病。不仅成人，儿童也会出现心理问题，一个目睹父母亲被人杀害的小孩会产生沮丧和紧张的情绪，甚至产生创伤后压力心理障碍症。

（3）社会因素：重大事件和情境也会导致精神疾病。例如，在社会运动、战争、遭受天然或人为的疾病时，经历过这些事件的人们有较高的机会患精神疾病。有一种"战后心理综合症"在美军中流行，主要发生在参加过大规模战争后复员的老兵身上，一般有肌肉酸痛、身体不适、抑郁症或强迫症等。这就是社会因素造成的精神障碍。

（三）针灸可以治疗情志性疾病

针灸对于情志性疾病如忧郁、焦虑、失眠、癫狂等有良好的疗效，这是因为针灸有调节大脑神经功能的作用。中医认为，针灸可以通过化痰、健脾、清热、凉血等方法改善痰湿、热盛、血虚等病理状态，恢复正常的精神意识活动。

宋代医家王执中的母亲患忧郁症，终日哭泣不止，王执中为她灸百会而愈（见《针灸资生经》）。宋代有一位书生功名不就，郁郁寡欢，饮食渐少，以致日夜昏蒙，不说话，达半年之久，看了好多医生，吃了不少药都没有效果，针灸家窦材为他艾灸巨阙穴一百壮，关元穴二百壮，病好了一半。又让他每日饮酒三次，一个月后精神恢复正常。

现代运用针刺治疗抑郁症已经成为比较常用的方法，相比于西药来说，针刺疗法有疗效好、无毒副作用的优势。有人将60例轻中度抑郁症患者分为干预组和对照组各30例，对照组给予米氮平治疗，干预组给予针刺疗法，连续治疗12周。治疗后观察两组疗效，并比较两组汉密尔顿抑郁量表（HAMD-17）及生存质量量表（SF-36）评分。结果干预组的总有效率为76.67%，优于对照组的43.33%（$P<0.05$）；治疗后两组HAMD-17评分均有降低，干预组较对照组降低更显著（$P<0.05$）；两组生存质量（SF-36）各维度评分均有提高，干预组较对照组提高更为显著（$P<0.05$）。[陈白，曹丽萍，修春英，杨义亮.针刺疗法治疗轻中度抑郁症60例[J].亚太传统医药.2020，16(11)：123-125.]

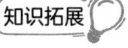 **针刺治疗精神疾病的现代医学机制**

现代医学及生理病理学研究发现，针刺可以通过调节大脑中的多个神经组织以及神经递质来改善神经精神活动。一篇总结了近10年来针刺治疗抑郁症机制的报告表明，神经可塑性、神经内分泌轴、脑肠轴系统均可能成为

针刺抗抑郁的靶点。

1. 神经可塑性

①针刺穴位可以明显改善脑部组织神经元和突触的超微结构，如：电针"百会""神庭"可使抑郁大鼠海马CA3区突触数量增加，还可以减缓抑郁大鼠海马神经元的凋亡，而且电针可改变抑郁大鼠突触的传递效能，增强突触长时程增强样可塑性，这些都可以明显改善抑郁状态。②针刺可以改善患者和实验动物单胺类神经递质水平、单胺递质受体及有关蛋白的表达，包括5-羟色胺、去甲肾上腺素、多巴胺系统等。针刺治疗可以提高抑郁大鼠的血清5-羟色胺含量，缓解抑郁模型大鼠5-羟色胺、5-羟色胺转运蛋白表达水平的下降，针刺对单胺类神经递质的影响可能是其抗抑郁的重要因素。③神经调质，又称神经肽，是由神经元释放的特殊化学物质，可间接影响递质传递信息的效应。电针可能通过增加海马内甘丙肽及其 mRNA 的表达来发挥抗抑郁作用；电针治疗可以使抑郁大鼠海马 P 物质、神经肽 Y 含量升高。

2. 神经内分泌轴

研究发现，神经内分泌的改变和抑郁症某些特征之间有显著联系，如下丘脑-垂体-肾上腺轴（HPA）的过度活动与焦虑和抑郁相关疾病有很大关系。针刺可以下调下丘脑及血清中促肾上腺皮质激素释放激素、垂体促肾上腺皮质激素及肾上腺皮质酮含量，抑制下丘脑促皮质激素释放因子的表达，调节 HPA 轴的功能亢进，同时改善抑郁症状。另外下丘脑-垂体-甲状腺轴（HPT）也与抑郁症相关，很早之前人们就发现大量样本的抑郁症患者中存在轻微甲状腺功能紊乱，发现抑郁大鼠促甲状腺激素释放激素表达水平降低，电针能有效逆转这一现象。

3. 脑肠轴

近些年研究发现，人的肠肌间神经丛内存在着神经系统，它分泌的神经递质同时存在于大脑皮层－神经系统内，这种神经递质是一种肽类激素，叫做"脑－肠肽"，一方面外界应激可通过中枢神经系统以及脑－肠肽的连接作用影响胃肠道的功能，另一方面内脏作用亦可双向调节中枢。研究表明，针刺可以对某些脑－肠肽的含量产生影响，如电针可使抑郁大鼠结肠黏膜抑制类激素神经肽Y、降钙素基因相关肽水平降低，兴奋性激素胃泌素含量升高，推测针刺可通过调整某些脑－肠肽的含量及相互之间的平衡来调控脑－肠轴，治疗抑郁症。

情志病点穴
小处方

【处方】百会、神庭、印堂、安眠（双）、神门（双）、三阴交（双）。症状严重者加四神聪、大椎、五脏俞、内关；心烦口苦加中冲、少冲放血；脘腹不舒、大便不调加膻中、中脘、天枢。

【取穴】

◢**百会** 位于头部，在前发际正中直上 5 寸（前发际至后发际为 12 寸）处取穴。

简易取穴法：沿两耳尖直上，在头顶正中交会处取穴。

◢**神庭** 位于头部，当前发际正中直上 0.5 寸。

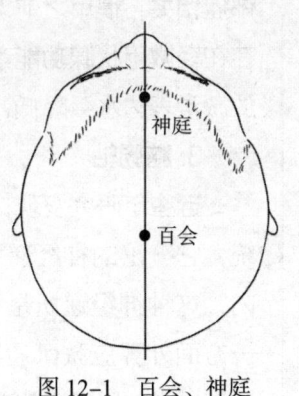

图 12-1 百会、神庭

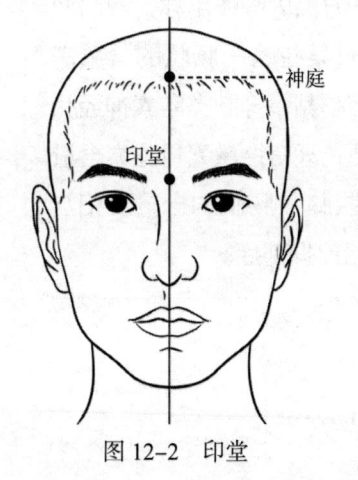

图 12-2 印堂

◢**印堂** 位于额部，在两眉头的中间。

◢**安眠** 位于项部，当翳风（耳垂后）和风池穴连线的中点。

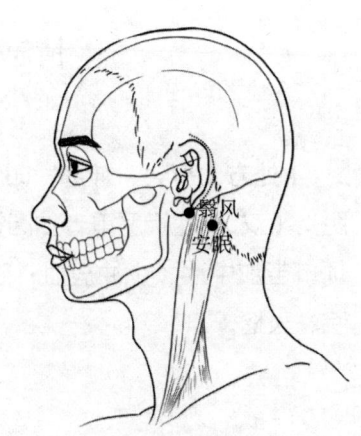

图 12-3 安眠

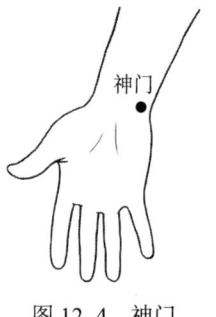

🎯**神门**　位于腕部，腕掌侧横纹尺侧端，尺侧腕屈肌腱的桡侧凹陷处

图 12-4　神门

🎯**三阴交**　在小腿内侧，当足内踝尖上 3 寸，胫骨内侧缘后方。

简易取穴法：手四指并拢伸直，小指下缘靠内踝尖上，食指上缘所在水平线与胫骨后缘交点处即是三阴交穴。

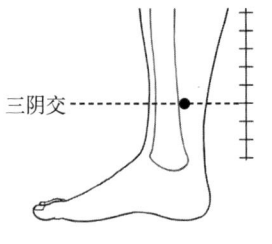

图 12-5　三阴交

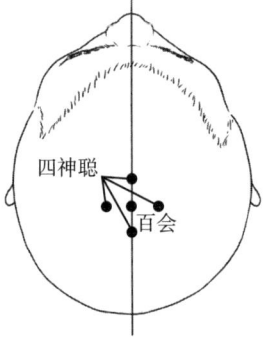

🎯**四神聪**　在百会穴前后左右个旁开 1 寸，共四穴。

图 12-6　四神聪

141

大椎 在项后第七颈椎棘突下。有人第7颈椎与第1胸椎皆有隆起，不太好区分。区分方法是：让患者转头，能动的是第7颈椎，不能动的是第1胸椎。

五脏俞 为肺俞、心俞、肝俞、脾俞、肾俞。均分布在背后膀胱经第一侧线（距后正中线旁开1.5寸）上，分

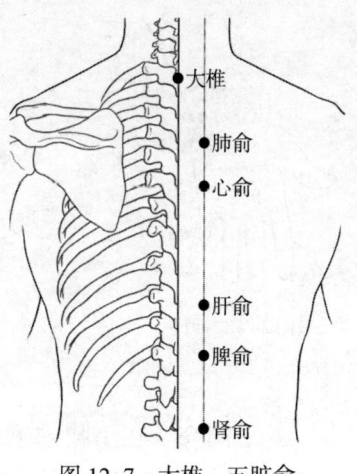

图12-7 大椎、五脏俞

别位于胸椎第3、第5、第9、第11椎和腰椎第2椎棘突下旁开1.5寸处。

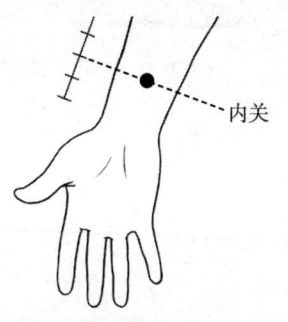

图12-8 内关

内关 位于前臂掌侧，腕横纹上2寸，掌长肌腱与桡侧腕屈肌腱之间。

简易取穴法：以食、中、环三指伸直，食指侧置于掌侧腕横纹上，于环指侧与前臂两筋之间的相交处取穴。

中冲 手厥阴心包经井穴，位于手中指末端最高点。

少冲 手少阴心经井穴，位于手小指末节桡侧，距指甲角0.1寸。

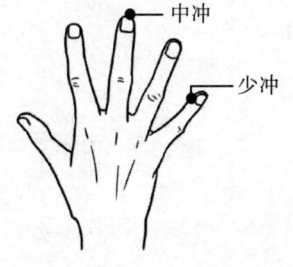

图12-9 中冲、少冲

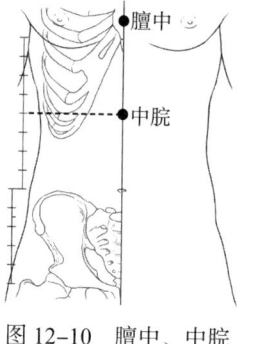

图 12-10　膻中、中脘

🎯**膻中**　在胸骨正中线上，平两乳头取穴。

🎯**中脘**　在上腹部，前正中线上，当脐中上 4 寸。在剑突与肚脐连线的中点取穴。

🎯**天枢**　位于神阙穴（肚脐）旁开 2 寸处。

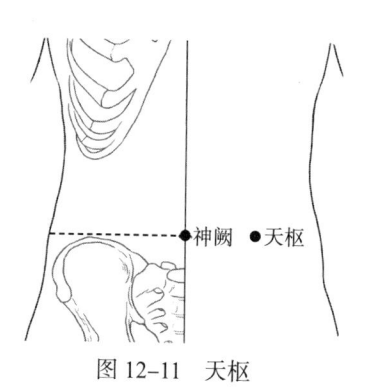

图 12-11　天枢

✂️ 操作

1　　患者坐位，术者立于患者身后，以一手大拇指用力按压百会穴 30 秒，至局部出现酸胀感后放松。

2　　术者以双手中指相叠，用力按压神庭穴 30 秒。

3　　术者一手护持患者后头，一手从侧头伸向额前，以中指按压印堂穴 30 秒。以上操作反复 5 次。

143

4 术者双手拇指分别置于双侧安眠穴，其余四指置于双侧颞部固定头颅，拇指点压安眠穴 30 秒。以上操作反复 3 次。

5 患者仰卧位，术者一手握住患者手掌，掌面向上，另一手拇指置于神门穴上，其余四指置于与神门穴相对的前臂背侧，拇指用力按压神门穴并揉旋 30 秒，双侧交替操作反复 3 次。

6 术者立于患者足侧，双手拇指分别置于双侧三阴交穴，余四指置于相对的小腿外侧，拇指用力点压揉按三阴交 15 秒，局部有酸胀感后放松，反复操作 3 遍。

7 术者以双手拇、食二指分别按压四神聪四穴 30 秒。以上各穴轮流操作共 3 次。

8 患者俯卧位，术者立于患者一侧，先以两手拇指相叠置于在大椎穴上，稍用力向下按压，持续 15 秒。然后术者以双手分别置于双侧肺俞穴上，用力向下按压并旋揉 15 秒，令局部有酸胀重感，然后放松。以同法分别施用于心俞、肝俞、脾俞、肾俞各穴。按以上顺序反复 3 次。

9 患者仰卧位，术者一手握住患者手掌，掌面向上，另一手拇指置于内关穴上，其余四指置于与内关穴相对的前臂背侧，拇指用力按压内关穴并揉旋 30 秒，双侧交替操作反复 3 次。

10 用三棱针或一次性采血针在中冲、少冲两穴放血，各出血5滴。

11 患者仰卧位，术者立于患者一侧，以双手中指分别置于膻中穴和中脘穴上，同时稍用力按压两穴15秒，局部有胀感后放松。然后双手中指分别置于两侧天枢穴上，同时稍用力按压15秒，局部有胀感后放松。按以上顺序反复操作3遍。

应用

1 百会穴位于头顶，头为诸阳之会，百会为五脏六腑气血汇聚之处，对人体阴阳平衡有很好的调节作用，特别是可以调神，因此凡有关精神神经系统的疾病皆可取本穴治疗。

2 神庭穴与百会穴一样，都是督脉腧穴，同样具有调神作用，故以神名之。主要功能是清头散风，镇静安神，常与百会配合治疗精神神经系统疾病，如失眠、头痛、抑郁、癫痫、惊悸等。

3 印堂穴为经外奇穴。由于其在额部两眉之间，故多用于治疗头痛、眩晕、小儿惊风、鼻塞、鼻出血、眉棱骨痛、目痛等。本穴也有很好的治疗抑郁、失眠、癔病的作用，常配百会、神门、内关、安眠、合谷等穴。

4 安眠穴为经外奇穴，因对失眠有奇效而得名。无论何种情况的失眠针之均有良效，常与百会、神庭、神门等穴合用。

5 神门穴为手少阴心经的原穴，为心经气血汇聚之处，有宁心安神之功，凡心神失养，心神不宁之症均可用之。除了抑郁、失眠、焦虑外，对健忘、痴呆、癫狂、心悸、心痛亦有很好疗效。

6 三阴交穴为足太阴脾经、足少阴肾经和足厥阴肝经三经交会穴，故可统治三经疾病。其养血健脾、补益肝肾之功对于心神失养、气血不足所致之精神神经系统疾病有良好疗效，常与内关、足三里、合谷、神门等配合使用。

7 四神聪为经外奇穴，居百会穴四周，同样可以调神，故常与百会穴联合使用。

8 大椎亦为督脉腧穴，为手足三阴经与督脉之会，故本穴可清热解表、还可开窍醒神，息风解痉。治热证可用三棱针加拔罐放血；治精神神经系统疾病常配百会、神庭、心俞、肝俞等。

9 五脏俞所在位置于相应内脏基本一致，而五脏藏神的理论说明了人的精神活动与五脏六腑均有密切关系，这是中医整体观的体现。所以五脏俞除了可以治疗相关脏腑疾病外，还可通过调理脏腑改善精神状态，常与大椎、百会、内关、神门配合使用。

10 内关穴为手厥阴心包经的络穴，与手少阳三焦经相通，又是八脉交会穴，通阴维脉，故治疗作用广泛。但总以心胸部的疾病为主，故有"胸痛内关谋"之说。配神门有镇静安神的作用，主治失眠；配三阴交、合谷有益气行血、化瘀通络的作用，主治心气不足之心绞痛；配足三里、中脘、公孙有和胃降逆、理气止痛的作用，主治胃脘痛、呃逆。

11 中冲、少冲二穴分别为手厥阴心包经、手少阴心经的井穴，取三棱针放血有清心火、安心神的作用，对于热象明显的烦躁、失眠、癫狂患者多可使用。

12 膻中穴为任脉腧穴，正当胸前，可利上焦、宽胸膈、降气通络，为八会穴之"气会"，善治气机不畅之病。配心俞、内关、神门可理气宁神通络，治疗心痛、胸闷、失眠；配内关、中脘、气海可降气和胃，治疗呕吐、呃逆；配百会、气海可益气升阳，治疗气虚。

13 中脘穴为任脉腧穴，为胃的募穴，又为八会穴中的"腑会"，因其能和胃健脾，补益中气，疏利中焦气机，故在脏腑疾病治疗中占有重要地位。临床常用于治疗消化系统疾病，如胃炎、胃痉挛、胃溃疡、胃下垂等，可配足三里、内关、梁门、天枢等穴；也用于治疗精神神经系统疾病，如癫痫、精神病、神经衰弱等，常配足三里、百会、内关、神门、丰隆等穴。

14 　　天枢穴为足阳明胃经腧穴，有理气止痛、活血散瘀、调理肠胃之功，常用于治疗胃肠道疾病，对肠功能有双向调整作用，既可通便，治疗便秘，又可止泻，治疗泄泻、痢疾。常与足三里、上巨虚、大肠俞、气海等穴配合和使用。

鲍姑传授艾灸术，崔炜疗疣获奇效

讲故事

鲍姑（约公元 309—363 年）是我国医学史上的一位女医学家，是晋代著名道教理论家、炼丹家、《肘后救卒方》的作者葛洪的妻子，精通艾灸法，擅用艾灸医治赘瘤与赘疣等病症，为百姓解除病痛，被尊称为"女仙""鲍仙姑"。

《太平广记》里记载了一个与她有关的故事。唐德宗贞元

年间，有个叫崔炜的人，是以前的监察史崔向的儿子。崔向是个诗人，在社会上挺有名气，死在南海从事的任上。崔炜住在南海，性情豁达，不理家产，却很崇尚豪士侠客，经常和他们饮酒作乐。由于不加节制，

不几年他家的财产就挥霍光了，连房产都卖了，于是便只能借住在寺庙里。有一年正值七月十五日（农历）中元节，广东番禺县许多人都在庙里陈设珍肴异味，同时有很多人在开元寺中唱戏。崔炜去看热闹，突然有个要饭的老太太不小心跌倒了，碰倒了酒家的酒缸。卖酒的就殴打老太太，其实那酒的价钱仅一千钱而已。崔炜可怜那老太太，就脱下衣服作价替老太太赔了，奇怪的是老太太竟然连一个谢字都没说就走了，崔炜也不以为意。突然有一天老太太来找崔炜，说："谢谢你那天帮我摆脱困境。我擅长用艾灸治疗各种疣瘤，现在我有一些越井冈的艾蒿送给你，如果你遇上长疣的人，只用一小缕就可以治好。这个不光能给人治好病痛，还能让你结识美女为妻。"崔炜听了很高兴，收下了艾蒿。那老太太却突然消失了，这个老太太其实就是鲍姑所化。过了几天，崔炜到海光寺游览，遇见一位老和尚耳朵上长了一个疣瘤，崔炜就拿出艾蒿来试着给他灸治。就像老太太说的那样，只用了很少一点艾蒿就把老和尚的瘤治好了。老和尚非常感激，对崔炜说："贫僧没有什么酬谢你，只能念经求神仙保佑你多福了。这山下有一个姓任的老翁，家里非常有钱，他也有这种病。你要能给他治好，一定能有厚报，我来写封信替你推荐一下。"崔炜说："好。"于是崔炜就来到姓任的老翁家，说明来意，老翁听说崔炜是来给他治病的，乐得直蹦高儿，对崔炜非常恭敬谨慎。崔炜拿出艾蒿给老翁治疗，一治就好了。

出自《太平广记》

针说理

（一）艾灸是一种什么疗法？

1. 什么是艾灸？

艾灸，简称灸疗或灸法，是用点燃的艾叶制成的艾条、艾炷所产生的艾热刺激人体穴位或特定部位，通过激发经气的活动来调整人体紊乱的生理功能，从而达到防病治病目的的一种治疗方法。艾灸是我国传统疗法之一，起源很早，应当在人类掌握用火之后，可能在石器时代就有了，下限不会晚于西周，在春秋战国时代已颇为流行。从长沙马王堆出土的《阴阳十一脉灸经》《足臂十一脉灸经》（撰成于公元前 168 年以前）来看，其对经络的描述显然要早于论述针灸的专著《灵枢》，从这点看，灸法较针法的历史更为悠久。

现在我们施灸的材料为艾叶，早期也有用其他材料的，但经长期反复实践，发现艾叶熏灸的疗效最著，故以后才逐渐多用艾叶来代替其他材料灸疗。艾叶以陈者为宜，清代医家吴亦鼎在《神灸经论》中说："凡物多用新鲜，唯艾取陈久者良。以艾性纯阳，新者气味辛烈，用以灸病，恐伤血脉。故必随时收蓄、风干、净去尘垢，捣成熟艾，待三年之后，燥气解，性温和，方可取用。"

艾叶制成艾绒以后，还要经过进一步加工，即制成艾炷、艾条、艾饼等，才能用于灸疗。

2. 艾灸可以治疗什么病?

（1）虚证：虚证为脏腑功能虚弱，气血生化不足，或外伤失血、大汗吐泻，津液丢失过多，或老年肝肾不足、元阳不振所致。临床可见头晕眼花、心慌胸闷、神倦乏力、腰膝酸软、食欲不振、容易出汗等，严重者可出现大汗淋漓、四肢厥冷、气息微弱、脉微欲绝等阳气欲脱的危象。艾灸可以扶助正气，增强脏腑功能，补益元气，缓解疲劳，延缓衰老。对于阳气欲脱的危象，艾灸有回阳救逆之功效，大剂量施以艾灸可挽救患者的生命。

（2）寒证：寒证多由外寒侵袭机体，经脉痹阻，或体内阳气不足，不能温养脏腑所致。临床可见手足不温、肢体疼痛、畏寒喜暖、腹中冷痛、大便清稀、痛经等症状。艾灸的温热功能可以温经散寒、通络止痛，对于寒性疾病有很好疗效。比如可以治疗寒邪痹阻于经络出现的关节疼痛、寒凝胞宫引起的痛经、寒邪犯胃引起的胃脘痛、肠道寒盛的腹胀腹泻等。

（3）瘀证：瘀证可由气机阻滞或气虚乏力导致血液及痰湿瘀滞，结果是经络痹阻，出现疼痛、头晕、水肿、肿胀等临床表现。艾灸可以通过温通经脉、益气活血、化瘀散结改善这些症状。如瘀血阻滞心脉，出现胸闷心痛，甚至胸痛彻背，背痛彻胸的症状，在内关、膻中、心俞、厥阴俞施用艾灸，可以缓解疼痛。

（4）热证：热证分实证和虚证。实热多由外邪入内化热，或脏腑气机不畅，郁而化热；虚热多由阴虚所致。通常来说，热证应用寒凉的药物或方法治疗，所谓寒因热用，寒者热之。但艾灸施用热证古已有之，如晋代的葛洪《肘后备急方》有用艾灸治疗痈疽的记载；唐代的孙思邈《备急千金要方》也有用艾灸治疗"五脏热及身体热"的记载，说明热证是可以灸的。艾灸治疗热证的机制一是温通气血，使瘀滞之病灶消散。比如痈疽、疔疖就是由于热、毒之邪蕴蒸肌肤，致气血凝滞而成。那么通过艾灸的温通作用，可使气机通畅，瘀滞得散，痈疽得消。二是以热引热，如果体内有郁热（火），可以用艾灸的温热之气引之外出，达泄热之效。李梴《医学入门》曰："热者灸之，引郁热之气外发，火就燥之义也。""火就燥之义"即同气相求，以热引热之义。三是助阳益阴，阴阳是互根的，就是说阴可以生阳，阳也可以生阴。阴虚发热可通过艾灸的补阳作用，于阳中求阴，改善阴虚的状况，则虚热可治。比如肺结核的发热，属于阴津不足的虚热，通过艾灸补益气血，就可以改善阴虚的状态，临床就有以隔姜灸治疗浸润肺结核、肺结核咯血的案例。

（二）艾灸的作用机制是什么？

灸法作用机制主要有以下几点。

1. 局部刺激作用

艾灸对人体局部的温热刺激，能增强局部血液循环和淋巴循环，皮肤组织的代谢能力也会得到加强，炎症、粘连、渗出物、血肿等病理产物同时能得到很好的消散。局部温热刺激还可以引起大脑皮质抑制性物质的扩散，降低神经系统的兴奋性，从而达到镇静、止痛的作用，而且没有任何的毒副作用。温热还能促进药物的吸收，将艾绒本身的药效、艾条中其他添加药材以及间隔物的药效充分发挥出来。另一方面，艾灸还具有近红外辐射作用。艾灸的近红外辐射为机体的活动提供了必要的能量，而且艾灸所发出的近红外光所提供的能量可以被人体所调控。在灸疗过程中，近红外辐射具有很强的穿透力，能使能量通过经络传导至远端直至病所，还能通过刺激穴位激起人体自身的机体免疫力，使人体自身正常的生理功能得到恢复。

2. 经络调节作用

经络学说是灸疗的基础理论，灸疗对穴位的刺激作用最终会通过人体经络系统对人体五脏六腑、四肢百骸起到调节作用，使人的整体功能保持良好运转。

（1）经络腧穴对灸疗具有外敏性。所谓外敏性，是指在灸疗时选择腧穴比选择一般体表点作为艾灸部位效果更好。如果施灸点偏离了穴位，就不能出现感传现象，治疗保健效果也会大打折扣。

（2）经络腧穴对药物的作用还具有放大性。在穴位上施灸的时候，会通过经络系统影响其他层次的生理功能，形成多层次的循环感应，各层次之间相互激发、相互协同、作用叠加，导致了生理的放大效应。在临床上，一些相同的疾病，若是服药需要好几帖中药才能见效，而选用相应的穴位施灸往往能一次奏效。

（3）经络腧穴还具有储存药性的作用。比如在治疗慢性支气管炎和哮喘的时候，我们往往采用冬病夏治的办法，即在夏日三伏天每天灸疗 1 次，每次数小时。若是以一般分析来看，这种方法时间比较短、用药量也非常小，力度是远远不够的，但它却能取得很好的疗效，这是因为腧穴具有储药性——药物的理化作用能长时间留存在腧穴或者缓慢释放到全身，从而发挥出整体调节和保健疗疾的作用。

3. 免疫功能调节作用

人体免疫力就是人体对病原体或毒素所具备的抵抗力，艾灸有增强人体免疫力的功能，灸疗的许多治疗作用都是通过调节人体免疫功能来实现的，这种作用具有双向调节的特性，如果太低则可以使其升高，太高则又可以让其降低。在运用艾灸治疗已患疾病者的过程中，这种调节的作用会表现得很明显。金黄色葡萄球菌是一种常见的致病细菌，人和动物身体上都很容易携带，它们会在健康人的鼻子、喉咙和手等部位生长，如果有伤口，伤口处也容易大量滋生。如果金黄色葡萄球菌数量增多，会产生毒素危害人体的健康，艾灸则可增加白细胞的数量及平均迁徙速度，增强白细胞进攻金黄色葡萄球菌的能力。灸疗还可通过增强外周循环促进免疫细胞的再循环及向淋巴组织内移动，对局部免疫应答的诱导具有增强作用，能增强巨噬细胞的吞噬功能。人体的衰老过程与免疫功能密切相关，有研究显示，中老年人经隔药饼灸疗后，衰老积分明显下降，各种临床症状均得到改善，细胞的免疫功能也得到了增强。这是因为艾灸能纠正异常免疫状态，延缓垂体－胸腺轴的老化，从而起到抗衰老的作用。

4. 药理作用

灸疗用药也比较丰富，除了单用艾绒的清艾条，还有添加了各种药物的药艾条。灸疗中使用的药物大多数为辛香之品，含有的挥发油成分和辛辣素，能够对表皮细胞产生刺激，增加细胞膜的通透性，便于吸收药物，从而使药物的药效能得到充分的发挥利用。同时皮肤腺体在表皮的开口因辛辣、温热刺激而扩大，一些大分子和脂溶性的药物可通过腺体开口进入体内，有利于这些药物药效的发挥。

5. 综合作用

灸疗作用于人体主要表现的是一种综合作用，是各种因素相互影响、相互补充、共同发挥的整体治疗效果。灸疗的治疗方式是综合的。任何类型的灸疗都包括选择合适的穴位、合适的药物以及用艾火的温热对局部进行刺激，这一系列的做法是有机联系的整体，不是单一孤立的简单步骤，缺少了其中任何一项都会失去原有的治疗效果。灸疗的治疗作用也是综合的。艾火的温热及药物的药理作用集中在穴位上，并通过刺激穴位激发经气，从而调动经络调节作用，增强免疫功能，这些都是相辅相成、整体为用的。灸疗的治疗作用与人体的反应性也是综合的。运用艾灸这一治疗手段作用于人体，必须通过人体反应性这一内因起作用。据研究发现，相同的灸疗方法对患相同疾病的患者，出现的感传不一样，疗效也不完全相同，这是因为人体的反应性有差异。治疗作用与人体反应性综合，才能得出灸疗的确切效果。

（三）艾灸可以治疗肿瘤

1. 艾灸真能治疣吗？

故事中说的疣瘤实际上是我们常说的"瘊子"，"瘊子"是一种皮肤病，医学上称为"寻常疣"。多发于手背、手指及足缘，也有些特殊类型，好发于眼睑、颈部、头皮或面部。是由感染人乳头瘤病毒引起的皮肤良性赘生物，有传染性，多与机体免疫功能有关。

艾灸治疗本病确有疗效，比如长在足底的跖疣，用小艾炷灸的方法就可以治愈。扁平疣也可以用艾炷灸治疗，效果也很好。

除了疣，艾灸还可用于肿瘤的治疗。《黄帝内经》一书中就有用灸法治疗癥瘕积聚（肿瘤）的记载，此外《外科证治全书》中也有用艾灸治"茧唇"（唇癌）、用黄蜡灸治"翻花疮"（皮肤癌）的记载。清朝魏之琇的《续名医类案》中记录了一个医案："一人臂上生一瘤，渐大如龙眼。其人用小艾于瘤上灸七壮，竟尔渐消，亦善法也。或用隔蒜灸之，亦无不可。"说明艾灸是可以用于肿瘤治疗的。

2. 艾灸为什么可以治疗肿瘤？

艾灸用于治疗肿瘤主要有三方面作用。第一，艾灸能够提高机体的免疫力。肿瘤患者通常免疫功能低下，艾灸可以通过提高机体的免疫力达到抗肿瘤的作用，比如艾灸中脘、关元能快速改善患者的免疫功能，不仅能迅速升高粒细胞，还能迅速升高淋巴细胞。第二，艾灸可以促进癌细胞的死亡。大家知道，癌细胞怕热，43℃可导致肿瘤细胞亚致死性损伤，60℃可导致致死性损伤。普通热疗设备可达到43℃，而伽马刀、射频消融术等可达到60℃。质量好的艾条可以很容易地达到43℃，甚至能到110℃，因此能杀死癌细胞。第三，减轻放化疗的副作用。艾灸可以调整胃肠功能，促进胃肠蠕动，对于放化疗造成的恶心、呕吐、食欲减退等副作用有缓解作用。第四，艾灸可以改善患者失眠、抑郁、疼痛、疲乏等临床症状，特别是用于晚期癌症患者的恶液质、休克等，可以发挥拯危救难的作用，艾灸神阙、关元、气海等穴往往可以使昏迷患者恢复清醒，延长生命。正如宋代大医学家窦材在《扁鹊心书》中所说："保命之法，灼艾第一，丹药第二，附子第三。"

疗疣艾灸
小处方

【处方】阿是穴、拳尖、支正

【取穴】

✔**阿是穴** 发病部位为穴，无论是
跖疣还是扁平疣，都要先灸最早出现的
疣体（母疣）。

✔**拳尖** 在手背中指掌指关节处。
握拳，中指掌指关节最高点取穴。

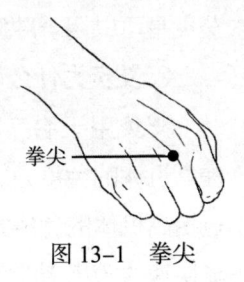

图 13-1 拳尖

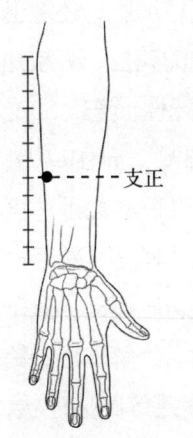

图 13-2 支正

✔**支正** 位于前臂背面尺侧，阳谷
穴与小海穴的连线上，腕背横纹上 5 寸，
在尺骨背面，尺侧腕伸肌的尺侧缘。

操作

1 将艾绒捏成绿豆大小的小艾炷，放在母疣上，用线香点燃艾炷，患者感到局部有灼热感即迅速压灭艾炷，不用去掉艾灰，在其上放置小艾炷继续施灸，如此反复 50 壮，每次约 20 分钟，连灸 10 天，跖疣和周围的痂皮会逐渐脱落。母疣治好后，其余的子疣会不治而愈。

2 拳尖穴和支正穴均用艾炷灸，每次 3~5 壮。

应用

1 阿是穴也可用艾条灸 15 分钟，以局部红晕灼热为度，每日 1 次，10 次为 1 个疗程，疣消失后巩固 1 个疗程。

2 拳尖穴是经外奇穴，俗名宛宛中。《医宗金鉴》有歌诀："赘疣诸痣灸奇穴，更灸紫白二癜风，手之左右中指节，屈节尖上宛宛中。"本穴对赘疣、白癜风、目痛、目翳均有效。安徽已故名老中医周楣生先生擅用灸绳治疗寻常疣。

3 关于支正穴，《灵枢·经脉》篇曰："手太阳之别，名曰支正……实则节弛肘废，虚则生疣，小者如指痂疥，取之所别也。"严重痣瘊及赘疣等，确能在支正处出现痛点，故可在此穴用灸法治疗。

孙思邈夙好养生，喜艾灸年逾百岁

中国历史上有位著名的人物，他是有名的道士，同时还是药学家，被后人尊称为"药王"，他叫孙思邈，生于公元541年，逝于公元682年，活了140多岁，经历了南北朝、隋朝、唐朝3个朝代，是个不折不扣的老寿星。孙思邈是京兆华原（今陕西省铜川市耀州区）人，幼年嗜学如渴，知识广博，他七岁入学，一天能背诵一千多字的课文。少年时代就会谈论老子、庄子以及先秦诸子百家的学说，并且喜爱佛经。后来孙思邈身患疾病，经常请医生治疗，花费了很多家财，于是，他从18岁开始便立志学

医。他对医药颇有研究，认真学习扁鹊、华佗、张仲景、巢元方的医学理论和技术，著有《备急千金要方》和《千金翼方》，是中国古代中医学经典著作，被誉为中国最早的临床百科全书，共 30 卷，是综合性临床医著。

孙思邈幼时体弱多病，中年时喜欢上了艾灸，他在《备急千金要方》中说："凡人吴蜀地游宦，体上常须三两处灸之，勿令疮暂瘥，则瘴疠温疟毒气不能著人也。"据其自己述说常常"随身带艾草，艾火遍身烧"，且尤其爱灸足三里穴。即便到了 90 多岁高龄，仍能"视听不衰，神采甚茂"，甚至在年过百岁之时，还能精力充沛地著书立说。正是因为艾灸的这种神奇功效，令他痴迷不已，在其所著的《备急千金要方》《千金翼方》两书中，记载了大量有关艾灸的内容，并在前人的基础上有所创新和发展。例如，在灸法上他就增加了许多种隔物灸的治疗方法，如隔豆豉饼灸、隔泥饼灸、隔附片灸、隔商陆饼灸等。

因孙思邈有功于医道，隋文帝、唐太宗、唐高宗曾多次召见他。

出自《旧唐书·孙思邈传》《备急千金要方·序》

针说理

（一）艾灸真有强壮作用吗？

艾灸具有良好的强身健体作用，这是自古以来就被记载且证实了的。灸疗用于防病保健有着悠久的历史,《扁鹊心书》

说:"人于无病时,常灸关元、气海、命门、中脘,虽未得长生,亦可保百余年寿矣。"古今中外都有许多用艾灸来保健的事例。

距今 2400 年的战国时期的大哲学家、思想家孟子有"七年治病求三年之艾"的说法。另一位大哲学家庄子在他的《盗跖》一文中讲了一个寓言故事,说孔子试图劝说盗跖(柳下跖,春秋时大盗)弃恶从善,盗跖的哥哥柳下季说你不要去,盗跖不会听你说教的,别去自讨其侮。孔子不听,结果正如柳下季所言,孔子不但没有说服盗跖,反而被其羞辱一番。孔子回来见到柳下季沮丧地说:"丘所谓无病自灸也。"意思是说我这是没事找事。虽然这不是真事,而是庄子通过孔子之口用"无病自灸"来做比喻,但也从一个侧面说明在两千多年前就确有艾灸防病的方法。

宋代针灸医家窦材在他编著的《扁鹊心书》中也讲了一个故事,南宋绍兴年间(绍兴是南宋高宗赵构的年号,公元 1137—1162 年),有个叫刘武的将军,手下有一个士兵叫王超,本是太原人,后来加入洞庭湖的强盗集团成为强盗。他曾遇到奇异之人,传授给他养生之法,90 岁了还精神矍铄,身体强壮,面色红润。辛卯年间,岳阳一带的百姓深受其害,后来被擒,判了死刑。临刑前监斩官问他:"听说你有奇异法术,确有此事吗?"他说:"没有,只是体内火力比较壮罢了。每年夏秋之交时灸关元穴上千炷,久而久之就不怕寒暑了,就是好多天不进食也不觉得饿,直到现在肚脐下这块地方仍像烤着火一样温暖。难道没听说过泥土烧成砖,木柴烧成炭吗?这都是火的力量呀。"王超被处死后,行刑官令人剖开他小腹处发亮的部位,发现有一块既不像肌肉也不像骨骼的东西，凝聚在一起就像一块石头。这就是常年使用艾灸的功效。窦材在讲完这个故事后深有感触地谈到艾灸的作用："夫人之真元，乃一身之主宰，真气壮则人强，真气虚则人病，真气脱则人死。保命之法，灼艾第一，丹药第二，附子第三。人至三十，可三年一灸脐下三百壮；五十，可二年一灸脐下三百壮；六十，可一年一灸脐下三百壮，令人长生不老。"他本人 50 岁时，常灸关元 500 壮，同时服用保命丹、延寿丹，身体轻健，食欲旺盛。63 岁时，因忧怒忽见死脉于左手寸部，十九动而一止，于是灸关元、命门各 500 壮，50 天后，死脉就不见了。因每年这样施灸，到了老年仍身体康健。他生于 1076 年，逝于 1146 年，活了 70 岁，"人生七十古来稀"，当是高寿了。

中国古代文人也热衷于艾灸养生，比如唐代大诗人刘禹锡在《酬乐天咏老见示》中说："多灸为随年"，说明艾灸自古以来就是治病养生的常用方法。

日本是非常热衷于艾灸保健的国家，唐代我国著名文化使者鉴真大师于公元 754 年东渡后，将艾灸方法传给了日本人。此后日本人就一直将艾灸用于治病和保健。在日本《帝国文库》中有一段记载，说元保 15 年 9 月 11 日，永代桥的换架竣工仪式上，要推举几位长寿老人从桥上走过，最先走过的是三河水泉村平民百姓满平和其一家三代的六位长寿老人。其中满平 242 岁，满平妻 221 岁，满平子万吉 196 岁，万吉之妻 193 岁，满平孙万藏 151 岁，万藏之妻 138 岁。人们自然十分惊异，纷纷询问："汝家有何术？能长生者若是耶？"满平笑而答曰："唯有祖传三里灸耳。"三里灸，是指在足三里穴施灸。这是在日本被广泛运用的艾灸方法。

（二）艾灸为什么能强身健体？

艾灸主要是通过以下几个方面来达到养生保健目的的。

1. 温通经脉，行气活血

《灵枢·刺节真邪》篇说："脉中之血，凝而留止，弗之火调，弗能取之。"气血运行具有"得温则行，遇寒则凝"的特点。灸法其性温热，可以温通经络，促进气血运行。

2. 培补元气，预防疾病

《扁鹊心书》指出："夫人之真元，乃一身之主宰，真气壮则人强，真气虚则人病，真气脱则人死，保命之法，灼艾第一。"艾为辛温阳热之药，以火助之，两阳相得，可补阳壮阳，使元气充足，正气强壮，人体康健。"正气存内，邪不可干"，故艾灸有培补元气、预防疾病之作用。

3. 健脾益胃，培补后天

灸法对脾胃有着明显的强壮作用。《针灸资生经》指出："凡饮食不思，心腹膨胀，面色萎黄，世谓之脾胃病者，宜灸中脘。"在中脘穴施灸，可以温运脾阳，补中益气。常灸足三里，不但能使消化系统功能旺盛，促进人体对营养物质的吸收，以濡养全身，还可培补后天之元气，达到防病治病、抗衰防老的效果。

4. 补肾培元，益助先天

《针灸资生经》指出："腑脏虚乏，下元冷惫等疾，宜灸丹田（关元）""阳气虚惫，失精绝子，宜灸中极"。在关元、中极等穴施灸，可补肾培元，益助先天，防治妇科病（如月经不调、盆腔炎、宫寒不孕）与男科病（如前列腺炎、阳痿、男性不育）等。

5.升举阳气，密固肤表

《灵枢》经脉篇说："陷下则灸之。"气虚下陷，清阳不得升散，则皮毛不任风寒，因而卫阳不固，腠理疏松。常施灸法，可以升举阳气，密固肌肤，抵御外邪，调和营卫，起到健身、防病治病的作用。

灸疗保健 小处方

【处方】足三里、关元、气海、神阙、膏肓

【取穴】

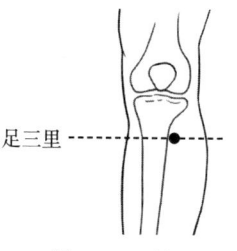

足三里 - - - - - -

图 14-1　足三里

◉**足三里**　在外膝眼下 3 寸，胫骨前嵴旁开 1 横指处。

简易取穴法：坐位屈膝，将除大拇指外的四指并拢，食指置于外膝眼下，小指与胫骨前嵴旁开一横指相交处取穴。

◉**关元**　在脐下 3 寸，腹正中线上。

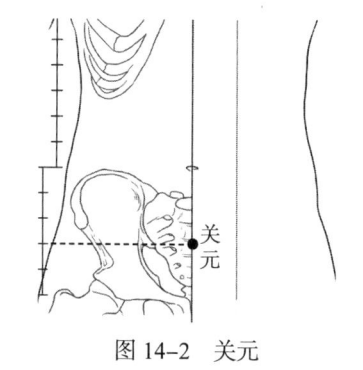

图 14-2　关元

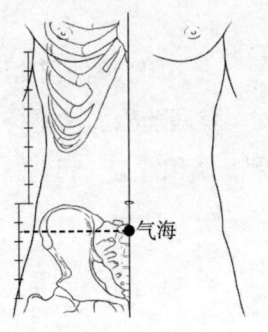

图 14-3　气海

气海　在下腹部，前正中线上，脐中下 1.5 寸（关元穴肚脐连线的中点）处。

神阙　在脐中部，脐中央。

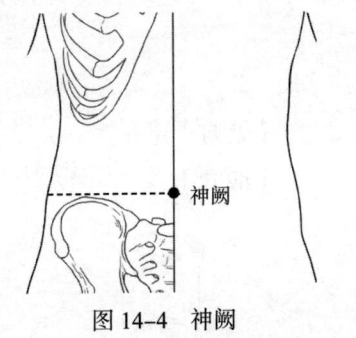

图 14-4　神阙

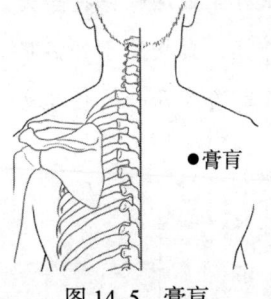

图 14-5　膏肓

膏肓　在背部，当第 4 胸椎棘突下，旁开 3 寸，正当肩胛骨的脊柱缘，俯卧位取穴。

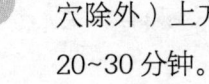
操作

1 患者仰卧，术者手持点燃的艾条在各穴（膏肓穴除外）上方 2~3 厘米处做雀啄灸或回环灸，每穴 20~30 分钟。

2 也可在足三里穴行瘢痕灸（化脓灸），先在穴上涂凡士林软膏，将艾绒捏成绿豆大小的艾炷置于穴上，点燃后待艾炷燃尽，皮肤有灼烫感后取下，另换一炷继续灸，一般灸5~7壮。

3 也可将点燃的艾炷头向下插在双孔艾灸盒的插孔中，将艾灸盒置于关元、气海两穴上，灸30分钟。

4 也可在神阙穴行隔盐灸：以青盐填于神阙穴中，将大艾炷置于青盐上施灸，连灸5~10壮。或行隔姜灸：将生姜切片，厚约0.5cm，用牙签扎几个洞，置于穴上，放上大艾炷，连灸3~5壮。

5 患者取俯卧位，术者以艾条灸膏肓俞15~30分钟，或以艾炷灸5~7壮，或用艾灸盒灸，方法同上。

应用

1 在足三里行瘢痕灸，是古人健康长寿的一个方法，"若要安，三里常不干"，"常不干"是什么意思？是说要想身体强壮，就得每天做化脓灸，这样足三里处总是有液体渗出，湿乎乎的。为什么湿？是因为灸后局部皮肤可破溃变黑，形成三级烫伤（一级烫伤会造成皮肤发红有刺痛感；二级烫伤会有明显的水疱），有液体渗出，古人称之为化脓，然后局部会留下瘢痕，这就是瘢痕灸即化脓灸的由来。

2　关元与气海位于脐下，是人体元气所在之处。前面宋代医家窦材所说的灸脐下延年益寿就是指这两个穴，因此此二穴与足三里一样，也是传统的强壮穴，对于年老体弱、气血不足、元阳亏虚者有良好的补益元气作用。

3　神阙穴隔盐灸有回阳救逆的功效，用于危重患者有良效。

4　上面说"若要安，三里常不干"，说的是足三里对人体的保健作用，殊不知，《针灸问对》的原文其实是这样记载的："若要安，膏肓、三里常不干。"孙思邈在《备急千金要方》中，将膏肓穴推崇到极致，说"膏肓能主治虚羸瘦损、五劳七伤及梦遗失精、上气咳逆、痰火发狂、健忘、胎前产后等，百病无所不疗"。由于膏肓穴所处的位置极为特殊，故而这个穴位的用法以灸法为宜，《玉龙歌》中云："虚羸有穴是膏肓，此法从来要度量；禁穴不针宜灼艾，灸之千壮亦无妨。"

稚子惊痫失神，天柱二跷治愈

元代医学家罗天益（公元 1220—1290 年）在他所著的《卫生宝鉴》中记载了这样一个病案。有个人叫魏敬甫，他有个 4 岁的儿子。一次魏敬甫请寺院的长老给孩子摩顶授记。（"摩顶"是佛用手抚摩弟子之顶。"授记"是授将来成佛的预记。）当时许多僧人围在孩子身边念咒，不料孩子受到惊吓，导致神昏抽搐，喉中痰涎壅塞，眼球上吊，目漏白睛，身体僵硬，喉中有声，过了一会儿才苏醒过来。此后每每见到穿僧衣的人就神昏发作。吃了许多朱砂、犀角、地龙、麝香等镇惊药，40 多天后，不仅前症没好，反

而又增加了走路动作时如痴如呆的症状。于是魏敬甫请罗天益诊治。罗天益了解了患儿的病情，又为他诊脉，发现患儿的脉沉弦而急促，于是分析病情：《黄帝针经》说，心脉满大，就会出现抽搐、筋急挛缩；肝脉微小而急促，也会出现这种症状。因为小儿气血还不稳定，神气尚弱，因而容易受惊吓，导致神无依靠。又因为扰动了肝脏，肝主筋，所以出现抽搐、筋急挛缩。病久气弱的小孩，容易出现或虚或实情况，服了那么多重坠寒凉的药物，进一步损伤了正气，所以走路动作时有如痴呆之人。《内经》说，突发的挛急癫痫眩晕，站立不稳，可取天柱穴治疗。天柱穴是足太阳膀胱经脉气所发之处，阳痫由它而发。《内经》还说，癫痫瘛疭，不知所苦，两个跷脉主治。张洁古（金代医学家，名元素，今河北易县人）老人说，白天发作取阳跷脉的申脉穴，夜间发作取阴跷脉的照海穴，先各灸二七壮。于是他就针刺患儿的天柱穴，灸申脉穴和照海穴，然后又给患儿服了三剂沉香天麻汤，病就好了。

出自罗天益《卫生宝鉴》

针说理

（一）小儿惊风是什么病？

1. 患儿得的是什么病？

从患儿发作时的症状上看应该是小儿惊风。惊风是小儿时期常见的一种急重病症，以临床出现抽搐、昏迷为主要特征，又称"惊厥"，俗名"抽风"。任何季节均可发生，一般以 1~5

岁的小儿为多见，年龄越小，发病率越高。其证情往往比较凶险，变化迅速，威胁小儿生命。所以，古代医家认为惊风是一种恶候。如《东医宝鉴·小儿》说："小儿疾之最危者，无越惊风之证。"《幼科释谜·惊风》也说："小儿之病，最重惟惊。"民间也有"小儿惊风，九死一生"之说。

2. 为什么小儿容易出现惊风?

这是由于小儿自身免疫及神经系统尚未发育健全，容易受到外界因素的刺激，使脑神经功能紊乱，从而发病。具体到这个小孩为什么会得惊风呢? 故事中罗天益分析的比较清楚，就是因为小儿气血还不稳定，神气尚弱，因而容易受惊吓，导致神无依靠。又因为扰动了肝脏，肝主筋，所以出现抽搐、筋急挛缩。国家级名老中医，中国中医科学院广安门医院的田从豁教授分析说："小儿稚阳未充，稚阴未长，脏腑柔嫩，易于感触，与长老念咒摩顶授记，入庙宇、见菩萨，心受惊恐，脏气逆乱，故发搐。"

3. 中医对小儿惊风的认识

中医根据发病缓急和临床症状的不同将小儿惊风分为"急惊风"和"慢惊风"两类。

（1）急惊风：病因以外感六淫、疫毒之邪为主，发病较急，常伴有高热，也有因暴受惊恐所致。急惊风的主要病机是热、痰、惊、风的相互影响，互为因果。其主要病位在心、肝两经。小儿外感时邪，易从热化，热盛生痰，热极生风，痰盛发惊，惊盛生风，则发为急惊风。

（2）慢惊风：多见于大病、久病之后，气血阴阳俱伤；或因急惊未愈，正虚邪恋，虚风内动；或先天不足，后天失调，脾肾两虚，筋脉失养，风邪入络。慢惊风病位在肝、脾、肾，病理性质以虚为主。多系脾胃受损，土虚木旺化风；或脾肾阳虚，虚极生风；或肝肾阴虚，筋脉失养生风。由于大多与脾虚有关，故又称"慢脾风"。慢惊风多有呕吐、腹泻、脑积水、佝偻病等病史。起病缓慢，病程较长。患儿面色苍白，嗜睡无神，抽搐无力，时作时止，或两手颤动，肌肉抖动，脉细无力。

小儿惊风是危急重症，如不及时治疗，会对小儿的神经系统产生不良影响，甚至危及生命。如果惊风反复发作，部分儿童会遗留癫痫症。故事中的患儿后来一遇刺激（见到僧人）就惊风发作，实际上就是形成癫痫了，所以对于此病应当及时治疗。

（二）小儿惊风该怎么治疗？

1.急惊风的治疗

对急惊风患儿当以清热、豁痰、镇惊、息风为治疗原则。应当采用物理降温的方法，如头枕冰袋，温湿毛巾擦身，40％~50％酒精擦浴，同时配合中药紫雪散口服。高热取穴曲池、大椎、十宣放血；针对痉挛抽搐，针刺可取穴人中、合谷、内关、太冲、涌泉、百会、印堂；痰鸣取丰隆；牙关紧闭取下关、颊车。均采用中强刺激手法。故事中罗天益则是针刺天柱穴，艾灸照海穴、申脉穴。为何取照海、申脉？田从豁教授说："《难经·二十九难》云：'阴跷为病，阳缓而阴急；阳跷为病，阴缓而阳急。'阴跷主一身左右之阴，其脉急，内侧拘急，外侧弛缓也；阳跷主一身左右之阳，其脉急，外侧拘急，内侧弛缓也。灸两跷，意在恢复阴阳之平衡矣。跷，有轻健跷捷之义。究其病因惊恐气乱而起，必从本求之，方为完全

也。"（田从豁《古代针灸医案释按》）

2.慢惊风的治疗

慢惊风的治疗，则以补虚治本为主。土虚木旺，治以健脾平肝；脾肾阳虚，治以温补脾肾；阴虚风动，治以育阴潜阳。治疗过程中，可结合活血通络、化痰行瘀之法。针刺上肢取穴内关、曲池、合谷，下肢取穴承山、太冲，牙关紧闭取穴下关、颊车。灸治取穴大椎、脾俞、命门、关元、气海、百会、足三里，用于脾肾阳虚证。

（三）癫痫是一种什么样的疾病？

癫痫俗称"羊角风"或"羊癫风"，其发作可能大家都见过，比较典型的大发作可见患者突然摔倒、神志不清、牙关紧闭、口吐白沫、口中发出类似羊叫的声音，一般数分钟后可缓解。此症状可反复发作，因为发作突然，所以有一定的危险性。除了大发作之外，癫痫还有多种发作形式，

癫痫也是一种常见病，不分身份高低贵贱都可罹患。著名的古罗马凯撒大帝、古希腊亚历山大大帝、法国作家莫泊桑、诺贝尔奖金的创立者诺贝尔、荷兰画家梵高、波兰钢琴诗人肖邦，还有一代天骄成吉思汗、太平天国的洪秀全以及功夫巨星李小龙等都曾深受癫痫的困扰。

癫痫的发病率还是比较高的，据中国最新流行病学资料显示，国内癫痫的总体患病率为 7.0‰，年发病率为 28.8/10 万，1 年内有发作的活动性癫痫患病率为 4.6‰。据此估计中国约有 900 万左右的癫痫患者，其中 500 万~600 万是活动性癫痫患者，同时每年新增加癫痫患者约 40 万，在中国癫痫已经成为神经科仅次于头痛的第二大常见病。

✏️ **癫痫病是怎么得的？**

为什么会出现癫痫发作？是因为大脑神经元突发性异常放电，导致短暂的大脑功能障碍。先来看一下癫痫的病因。癫痫的病因复杂多样，包括遗传因素、脑部疾病、全身或系统性疾病等。

（1）遗传因素是导致癫痫尤其是特发性癫痫的重要原因。分子遗传学研究发现，一部分遗传性癫痫的分子机制为离子通道或相关分子的结构或功能改变。

（2）脑部疾病包括先天性脑发育异常、颅脑肿瘤（原发性或转移性肿瘤）、颅内感染（各种脑炎、脑膜炎、脑脓肿、脑囊虫病、脑弓形虫病等）、颅脑外伤（产伤、颅内血肿、脑挫裂伤及各种颅脑复合伤等）、脑血管病（脑出血、蛛网膜下腔出血、脑梗死和脑动脉瘤、脑动静脉畸形等）、变性疾病（阿尔茨海默病、多发性硬化、皮克病等）。

（3）全身或系统性疾病包括缺氧（窒息、一氧化碳中毒、心肺复苏后等）、代谢性疾病（低血糖、低血钙、苯丙酮尿症、尿毒症等）、内分泌疾病（甲状旁腺功能减退、胰岛素瘤等）、心血管疾病（阿－斯综合征、高血压脑病等）、中毒性疾病（有机磷中毒、某些重金属中毒等）。

✎ **癫痫的发病机制为何？**

癫痫的发病机制非常复杂。中枢神经系统兴奋与抑制间的不平衡导致癫痫发作，主要与离子通道神经递质及神经胶质细胞的改变有关。

（1）离子通道功能异常。离子通道是体内可兴奋性组织兴奋性调节的基础，其编码基因突变可影响离子通道功能，从而导致某些遗传性疾病的发生。目前认为很多人类特发性癫痫是离子通道病，即有缺陷的基因编码有缺陷的离子通道蛋白而发病，其中钠离子、钾离子、钙离子通道与癫痫相关性的研究较为明确。

（2）神经递质异常。癫痫性放电与神经递质关系极为密切，正常情况下兴奋性与抑制性神经递质保持平衡状态，神经元膜稳定。当兴奋性神经递质过多或抑制性递质过少，都能使兴奋与抑制间失衡，使膜不稳定并产生癫痫性放电。

（3）神经胶质细胞异常。神经元微环境的电解质平衡是维持神经元正常兴奋性的基础。神经胶质细胞对维持神经元的生存环境起着重要的作用。当星形胶质细胞对谷氨酸或 γ 氨基丁酸的摄取能力发生改变时可导致癫痫发作。

（四）针刺为什么可以治疗癫痫？

现代研究发现，针刺是通过以下途径治疗癫痫的。

1. 抑制炎症因子

针灸可以改善海马神经的病理改变，通过刺激局部，海马神经细胞核转录因子－κB参与的急性炎症进程被削弱，抑制炎症因子，从而减少正常海马神经细胞的凋亡，达到降低癫痫发作频率、减少发作时间、减轻癫痫症状的目的。

2.调节神经－内分泌－免疫网络

针灸具有良好的免疫、内分泌、神经及经络调节作用，针灸治疗具有良性多向调节作用，不仅可缓解症状、提高抗癫痫疗效、降低并发症的发生率，还能调节各脏腑功能，因此，针灸治疗癫痫在脏腑功能保护方面具有优势。

3.调节神经递质

有研究表明癫痫患者的脑脊液中γ-氨基丁酸A（GABA）含量降低，而谷氨酸（GLU）、肿瘤坏死因子（TNF）、生长抑素（SOM）、催乳素（PRL）含量均升高。GABA作为抑制性神经递质，在神经系统中具有抗痫作用；而GLU、TNF、SOM、PRL均是兴奋性神经递质，具有致痫作用。针刺能使γ-氨基丁酸A受体（GABA-AR）蛋白显著增加，说明GABA通过作用于GABA-AR而抑制GLU的释放，使兴奋性神经递质的活跃性降低，从而抑制脑部异常放电，可有效地减少癫痫发作的次数，改善异常脑电图。

4.抑制神经细胞凋亡

癫痫反复发作可造成严重的脑部损害，甚至导致大量神经细胞凋亡，神经细胞凋亡现象可间接反映癫痫的发作程度。针灸具有保护海马神经元及修复脑神经损伤的作用，从而减少神经细胞的凋亡。

总之，针灸疗法治疗癫痫的机制是建立在整体效应的基础上的，也就是说针灸疗法通过刺激体内多网络、多靶向、多脏腑、全方位立体的综合反应，从而显露出对人体生理病理过程的多向良性调节的功能。

治疗癫痫
小处方

【处方】百会、神庭、印堂、鸠尾、照海、申脉

【取穴】

⚕**百会** 位于头部，在前发际正中直上 5 寸（前发际至后发际为 12 寸）处取穴。

简易取穴法：沿两耳尖直上，在头顶正中交会处取穴。

⚕**神庭** 位于头部，当前发际正中直上 0.5 寸。

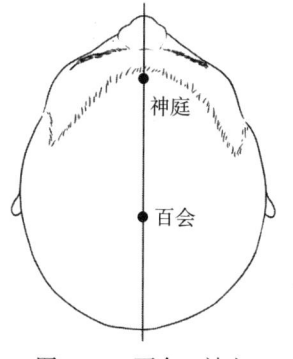

图 15-1 百会、神庭

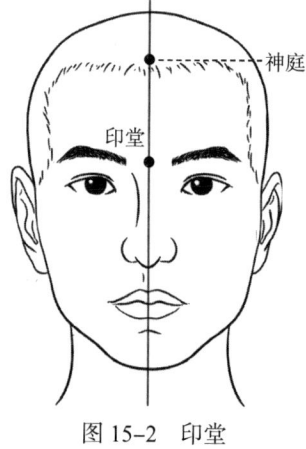

图 15-2 印堂

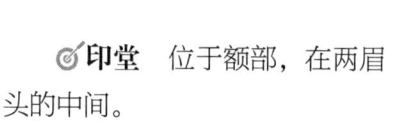

⚕**印堂** 位于额部，在两眉头的中间。

177

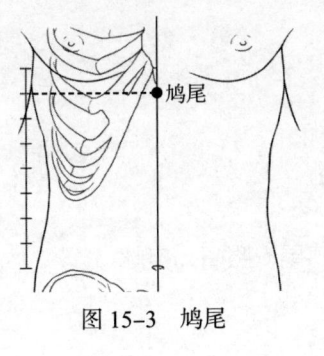

 鸠尾 位于上腹部，前正中线上，患者仰卧，双手抱头，在前正中线剑突下 0.5 寸（剑突不明显者可在胸骨体下端 1 寸处）取穴。

图 15-3　鸠尾

 照海 足内踝正下的凹陷中取穴。

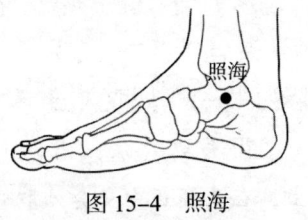

图 15-4　照海

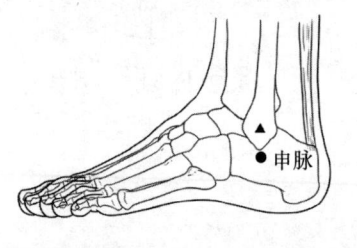

图 15-5　申脉

 申脉 在足外踝正下的凹陷中。

 操作

1 患者坐位，术者立于患者身后，以一手大拇指用力按压百会穴 30 秒，至局部出现酸胀感后放松。

2 术者以双手中指相叠，用力按压神庭穴30秒。

3 术者一手护持患者后头，一手从侧头伸向额前，以中指按压印堂穴30秒。以上操作反复5次。

4 患者仰卧，双臂上举或双手抱头以使膈肌上抬，术者立于一侧，用一手中指置于鸠尾穴上，向上用力按压并旋揉，持续15秒，放松片刻，再施按压，反复5次。艾炷灸：将艾炷置于穴上灸5壮。

5 患者俯卧，术者立于患者足侧，双手拇、食二指分别置于双侧照海与申脉穴上，四指同时用力按压四穴，持续15秒，放松片刻，再行按压，反复5次。

应用

1 百会穴为五脏六腑气血汇聚之处，对人体阴阳平衡有很好的调节作用，可以镇静安神，常用于精神神经系统疾病，如头痛、失眠、癫痫、抑郁等。

2 神庭穴与百会穴都是督脉腧穴，具有调神作用，主要功能是清头散风，镇静安神，常与百会配合治疗精神神经系统疾病，如失眠、头痛、抑郁、癫痫、惊悸等。

3 　　印堂穴原为经外奇穴，现已归属督脉。由于其在额部两眉之间，故多用于治疗头痛、眩晕、小儿惊风、鼻塞、鼻出血、眉棱骨痛、目痛等。本穴也有很好的治疗抑郁、失眠、癫病的作用，常配百会、神门、内关、安眠、合谷等穴。

4 　　鸠尾穴是任脉络穴，亦为膏之原，具有镇静豁痰之功，善治癫痫，为治疗癫痫传统穴。

5 　　照海、申脉虽然分属于足少阴肾经和足太阳膀胱经，但它们也分别为阴跷脉和阳跷脉的腧穴。照海是治疗癫痫夜发的效穴。申脉是治疗癫痫昼发的效穴。

诺吉尔六年探索，耳穴图一朝问世

故事讲

1958 年第 12 期的《上海中医药杂志》上发表了一篇文章《国外针刺疗法的新发现：耳针疗法介绍》，文章的作者叫叶肖麟，是位旅法华人。在这篇文章中，他系统介绍了法国医生保罗·诺吉尔（Paul·Nogier，1908—1996）博士的重大发现："外耳并非单纯为一弯曲软骨，它与内脏器官存在密切联系，内脏疾患大致能在耳廓上有相应的反应点出现"。随着这篇文章的发表，我国掀起了研究耳穴的热潮。而在此之前，耳穴的研究也在世界范围内引起了关注。

保罗·诺吉尔是怎么发现耳穴的呢？

据说他的一位患者患有坐骨神经痛，大家知道，坐骨神经痛是比较难治的一种疾病，不仅难治愈，而且容易复发。诺吉尔对这个疾病也是束手无策，治疗了多次也没治好。正当他一筹莫展之际，突然有一天这个患者来告诉说他的病治好了。诺吉尔听到后很是惊讶，不知是何方神圣有这个本事。他急于知

踵　　膝
臀部　　腕
腹　　肘
胸　　肩
　　肩关节
　　锁骨
额骨　　颈　枕骨部
上颚　　颊　下颚
　　　颊
　　　眼

道事情的真相，于是便请患者带他找到了这方神圣。原来这是
一位华裔医生，他用燃烧的筷子在患者的耳朵上坐骨神经的位
置进行烧灼，结果那么难治的病一次就治好了。面对这个真
相，诺吉尔感到震惊，没想到在一个小小的耳朵上治疗竟能有
如此神奇的疗效！

　　如果是个普通人，也就当猎奇赞叹一下罢了，但诺吉尔是
个有心人。这件事对他启发很大，感慨之余他便开始思考，为
什么在耳朵上的这个位置可以治疗坐骨神经痛？那么耳朵上的
其他位置是否也可以治疗其他疾病呢？于是他潜下心来，对这
个问题进行了深入研究，他尝试用耳针缓解各种疼痛，治疗高
血压、癫痫、痉挛等病症，扩大了治疗范围。

　　1957 年，经过 6 年研究的诺吉尔在《德国针灸杂志》上发表了题为《Treatise of Auriculotherapy（耳穴疗法）》的论文，其中载有根据压痛法形成的《耳针治疗点图》，此图形似倒置的胎儿，其中标出了 42 个耳穴，世界上第一幅具有深远影响的耳穴图诞生了，这标志着真正具有临床意义的系统的耳穴疗法的诞生，是耳穴治疗史上的一个里程碑。

为什么这么说呢？是因为针刺耳朵治疗疾病并非始于诺吉尔，中国古代很早就有针灸耳穴治病的历史。远的不说，清代的医学家张振鋆、张地山的《厘正按摩要术》一书就有一张耳背图，其中标出了五脏在耳背上的具体位置，这应该说是世界上第一张耳穴图。民间也不乏在耳朵上取穴治疗疾病的方法，如针刺耳轮治疗腮腺炎、针刺外耳道出血治疗胃病、针刺耳轮三点治疗急性扁桃体炎等，但这些方法都是散在的，没有形成一个系统、完整的耳穴疗法。正是诺吉尔及其耳穴图的出现，才使耳穴疗法成为一门独立的具有深入研究价值的针刺方法，后来耳穴疗法的发展也证实了这一点，因此诺吉尔也成为了公认的"现代耳穴疗法之父"。

耳穴疗法的形成也启迪了我们：在科研的路上，发现很重要，需要科研意识和对事物的敏感性。而将发现变成科研成果更重要，这需要科学的思维方法和不畏艰苦的意志。假如当初那位用烧灼法治好坐骨神经痛的华人医生也有像诺吉尔一样的科研意识、思维方法和韧劲，那么现代耳穴疗法之父就不是法国人了！

针说理

（一）为什么耳穴受到国内外的重视？

自从 1957 年诺吉尔在《德国针灸杂志》发表了耳穴的文章，耳穴的研究就引起了国外针灸界的重视。1975 年，诺吉尔和他的学生 Bourdoal 等发布了更为详细的耳穴图谱，他们将全身的骨骼、肌肉、神经、血管、内脏等分别投射于耳廓上，并在同年召开的维也纳欧洲针灸学术会上首次报告了"耳脉反射"，又称耳心反射，后来他的学生改称为"诺吉尔反射"，成为法国模式的耳针。

欧洲的耳针疗法都来源于法国模式的耳针，20 世纪 60 年代初，德国就有在减少用药的情况下，用耳针治疗偏头痛的报告。其他欧洲国家如奥地利、瑞士、西班牙、意大利、英国等也研究和推广耳穴治疗。英国 2007 年采用耳针针刺治疗乳腺癌女性患者使用激素导致的潮热和盗汗，取得了较好的效果，这些女性接受耳针针刺后症状都有缓解。

耳穴疗法在美国也比较盛行，美国采用耳穴治疗以减肥、戒烟、解除药瘾及酒精中毒成瘾为主，治疗减肥有效率 92.5%，戒烟有效率为 84%。在美国应用耳针最有名的当属美军的"战场针灸"又叫做"战场耳针"，美国军医采用一种特制的比银针更短的耳针，能长期插在五个固定的穴位上，不会影响士兵戴头盔执行作战任务。接受治疗者都宣称，疼痛在数分钟内得到了缓解。战场耳针的使用，不仅避免了药物带来的嗜睡、耐药、成瘾等不良反应，而且提高了士兵的抗病能力和应激能力。

为什么耳针疗法能够在国外推广并引起重视呢？除了疗效好、穴位少、操作简单等外，其理论与现代医学较为符合也有很大关系。不同于中国传统针灸的经络腧穴以及阴阳、五行等理论的深奥繁杂，耳针理论是以现代医学的解剖知识和医学术语来体现的，这样能够为受西方医学教育、具有现代科学思想的外国医生所接受，他们应用起来没有违和感。

（二）诺吉尔的耳穴图有什么特点？

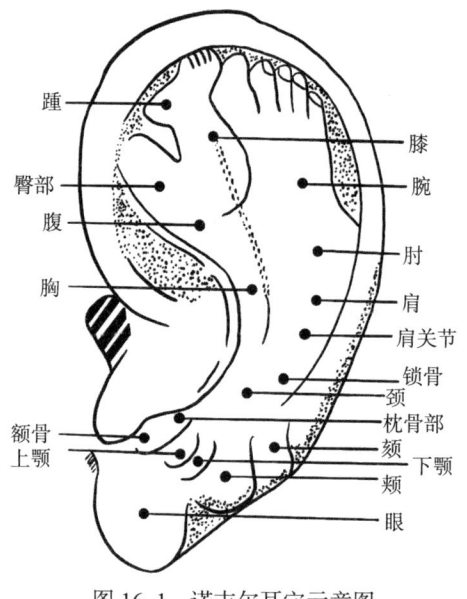

图 16-1　诺吉尔耳穴示意图

那么诺吉尔的耳穴图究竟有什么特点呢？如前所述，诺吉尔的耳穴图形似倒置的胎儿，在耳廓上的不同位置可以找到相应的人体组织器官。比如对耳轮相对应的是脊柱，但与人体直立时颈椎在上，腰椎在下不同，对耳轮上的脊柱是腰椎在上，颈椎在下。再比如，耳垂相对应的是头面部，而手足则在耳的上部。耳轮脚相当于横膈，胸腔在下部而腹腔在上部……耳廓实际上就是一个缩小的人体倒影，人体的四肢百骸都浓缩在小小的耳廓上。既然人体的组织器官都能在耳朵上反映出来，那么是不是各种疾病也能在耳朵上反映出来呢？答案是：是的。人体如果有了病，在耳朵上会有反映，耳朵的色泽、皮屑、血管、皱褶、凹陷等变化以及压痛就是身体有病的反应，对照相应穴位，我们就能得知哪个部位或哪个器官出了毛病。比如说脊椎长骨刺患者的对耳轮通常会呈现凸起，胃病的患者在胃区有明显压痛，如果人体的某个器官曾做过切除手术或受过伤，仔细观察耳朵上的反映穴区，将会发现那个部位会出现凹洞或者布满血管。

我们不但能从耳朵上诊断出疾病，还可以通过耳穴治疗疾病，治疗的方法有很多种，最常用的是针刺法。一般采用0.5寸的短柄毫针，常规消毒后，用左手固定耳廓，右手持针对准所选定的耳穴敏感点进针。进针深度以耳廓局部的厚薄而定，一般刺入皮肤2~3分，以透过软骨但不穿透对侧皮肤为度。留针期间可间隔捻转数次以加强刺激，这就是耳针疗法。此法可治疗临床各科多种疾病，尤其对疼痛性疾病效果显著。

为什么会这样？为什么一个小小的耳朵就能反映出整个人体的信息？这就涉及到一门新型的学科——生物全息理论和生物全息律，什么是生物全息理论和生物全息律？下一个故事讲给大家听。

（三）中国模式耳针有什么特点？

如前所述，我国运用耳穴诊治疾病的历史相当悠久，长沙马王堆汉墓（公元前186—前168年）出土的医籍简帛《足臂十一脉灸经》和《阴阳十一脉灸经》中就记载有与上肢、眼、颊、咽喉相联系的"耳脉"。《黄帝内经》中有"耳者，宗筋之所聚"之说，十二经脉中直接走行到耳的有手少阳三焦经、足少阳胆经和手太阳小肠经，《黄帝内经》还说："十二经脉，三百六十五络，其气血皆上于面走空窍……其别气走于耳而为听。"说明经络气血走行到耳，因而耳有听的功能。从治疗来看，《黄帝内经》也有"邪在肝，则两胁中痛……取耳间青脉以去其掣"的记载，唐代《备急千金要方》有取耳中穴治疗马黄、黄疸、寒暑疫毒等病的记载。历代医学文献也有介绍用针、灸、熨、按摩、耳道塞药、吹药等方法刺激耳廓以防治疾病，以望、触耳廓诊断疾病的记载。虽然文献较多，但没有形成完整的理论和治疗体系。直到1958年诺吉尔耳穴图被介绍到我国，耳穴疗法才引起我国针灸界的重视，对耳穴的系统研究才逐渐兴起。经过半个多世纪的努力，1974年上海中医学院编著《针灸学》集耳穴154个；70年代末，耳穴名称已增到300多个。为适应世界耳穴学术的交流，1982年12月在哈尔滨召开的"全国针法灸法学术研讨会"上，批准成立了"中国针灸学会全国耳针协作组"，并拟定"耳穴国际标准方案"草案。从此我国耳穴研究走上了国际标准化道路。1992年10月16日经国家技术监督局批准，颁布了《中华人民共和国国家标准·耳穴名称与部位》，并于1993年5月1日实施，我国成为了世界上第一个有耳穴标准的国家。2008

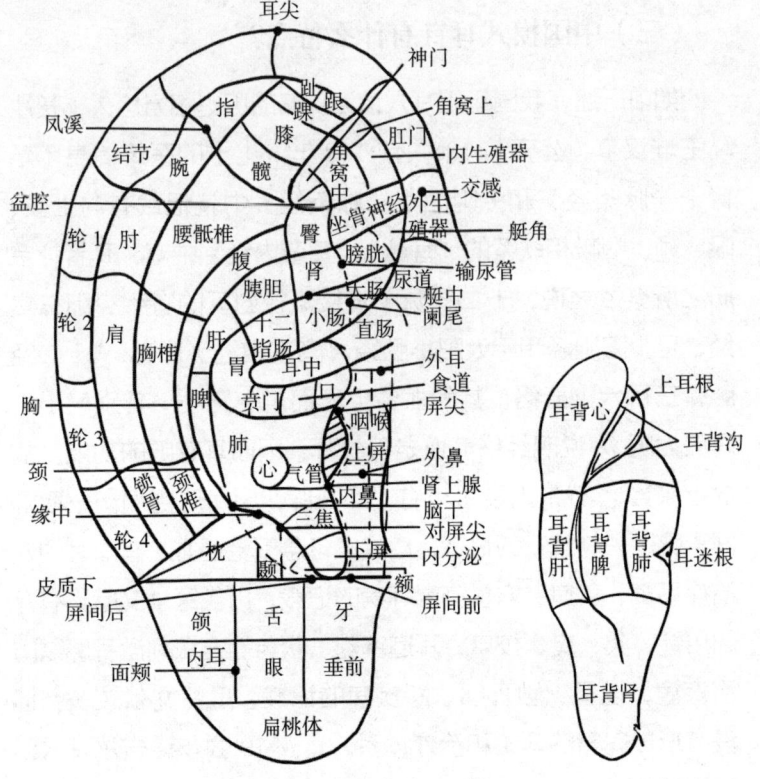

图 16-2　国际标准化耳穴图

年进行了第二次修改，修订成了我们现在正在使用的国标——
［GBT13734-2008 耳穴名称与部位标准］，共有 76 个分区和
93 个穴位，最终形成了中国模式耳针。

　　中国耳穴诊治学的特点是以中医理论为基础，从中医整体
观念出发，以经络藏象学说为指导。而法国耳穴诊治学则是以
神经解剖、生理、胚胎倒影为基础，对耳穴主要是按神经解剖
知识结合胚胎倒影的分布或探查躯体的反应点来理解应用的。
举个例子，如果是眼病，按照法国耳穴疗法要选目点，而按中
国耳穴疗法则不但要选目点，同时还要选肝点，因为按中医

理论"肝开窍于目"；治疗失眠，不仅要取皮质下点，还要取心点和神门点，因为"心主神明"。虽然两者的理论体系不同，但在诊疗上都可取得满意的效果，两者结合，便可相得益彰。

（四）耳针疗法的现状

经过几十年的发展，耳针疗法已经由单纯针刺发展为埋针、温针、电针、压丸、穴位离子透入、艾灸、割治、放血、磁疗、激光照射等多种方法。常用的有以下几种。

埋针法：是将皮内针埋入耳穴治疗疾病的方法，适用于慢性病和疼痛性疾病，可以起到持续刺激、巩固疗效和防止复发的目的。使用本法时，左手固定常规消毒后的耳廓，右手用镊子夹住皮内针的针柄，轻轻刺入所选穴位，再用胶布固定。一般埋患侧耳廓，必要时埋双耳。

电针法：是毫针与脉冲电流刺激相结合的一种疗法。临床上更适用于神经系统疾病、内脏痉挛、哮喘诸症。针刺获得针感后，接电针机上的两根输出导线。电针器旋钮要慢慢旋动，逐渐调至所需刺激量，切忌突然增强刺激，以防发生意外。

压丸法：即在耳穴表面贴敷压丸替代埋针的一种简易疗法。此法既能持续刺激穴位，又安全无痛，无副作用，目前广泛应用于临床。压丸所选用材料常用的有王不留行籽、油菜籽、绿豆、小米、白芥子等，临床现多用王不留行籽，因其表面光滑，大小和硬度适宜。应用时将王不留行籽贴附在0.6cm×0.6cm的胶布中央，用镊子夹住贴敷在选用的耳穴上。每日自行按压3~5次，每次每穴按压30~60秒，3~7日更换1次，双耳交替。刺激强度依患者情况而定，一般儿童、孕妇、年老体弱者、神经衰弱者用轻刺激法，急性疼痛性病症宜用强刺激法。

放血法：是用三棱针或小手术刀在耳部穴位及静脉处进行点刺、切割放血的一种治疗方法。放血的部位大多在耳廓的尖端部、隆起处或耳背静脉血管。施术前先揉按耳廓使其充血。消毒后，用三棱针对准施术部位迅速刺入约 2mm 深，或用手术刀在耳背静脉处进行划割，深约 1mm。每次根据患者的具体情况放血 5~10 滴，隔日 1 次，急性病每日 1~2 次。耳背静脉需多次放血者，应从静脉远心端开始，不宜首次就在中央划割。该法具有疏通经络、去瘀生新、镇静泄热、泻火止痛的作用，凡属血寒、邪热的各种疾患均可使用。临床上对四肢或躯干急性扭伤、眼结膜炎，可在耳尖和病变相应处放血；高血压可在降压沟、耳尖处放血；小儿湿疹、神经性皮炎可在耳背寻找一充血最明显处放血，均能取得显著疗效。

艾灸法：用清艾条或药艾条点燃后，对准耳廓，以耳廓正面为主，灸左右耳各 15~20 分钟，具体时间可根据自身感觉适度调整。此法具有温经通络、活血化瘀、扶助正气的功效，适用于寒湿痹痛、体质虚寒、气血不足的患者。

耳穴治病
小处方

失眠

【取穴】神门、皮质下、心、肝

【操作】①压丸法：每日按压 2~3 次，睡前按压刺激 10~15 分钟。

②埋针法：同压丸法。可两耳轮替，每耳埋针 2~3 天。

【应用】可用于焦虑、抑郁症。

头痛

【取穴】枕、额、神门、肺、皮质下

【操作】①压丸法：不拘时按压。如头痛顽固者，可用力按压，强刺激。

②埋针法：同压丸法。也可在找到有效刺激点后埋针1~7天。

【应用】若偏头痛者可配合拇指按压太阳穴。

胃痛

【取穴】胃、脾、肝、交感、神门

【操作】①压丸法：每次选2~3穴，留针15~30分钟。

②埋针法：同压丸法。

③灸法。

【应用】①急性胃痛时宜埋针法强刺激，至少30分钟。

②慢性胃痛可以用压丸法及灸法。

便秘

【取穴】大肠、直肠下段、肝

【操作】①压丸法：每日按压2次，中刺激，如厕时按压5~10分钟。

②埋针法：同压丸法。

【应用】以上穴位有双向调节作用，腹泻时也可按压，同时加灸法。

减肥

【取穴】脾、渴点、饥点、内分泌

【操作】①压丸法：每日按压3次，饭前按压。

②埋针法：同压丸法。

【应用】①食欲旺盛者于饥饿想进食时点压饥点、渴点、内分泌。

②加胰、肝、胆可用于糖尿病。

支气管炎

【取穴】支气管、肺、神门、肾上腺

【操作】①压丸法：每日按压 3 次，每次 10~20 分钟。

②埋针法：同压丸法。

③灸法。

【应用】哮喘加肾、脾、平喘。

高血压

【取穴】降压沟、交感、心、肝、神门

【操作】①降压沟点刺放血。

②压丸法：中刺激，每日 2 次，每次 10~20 分钟。

③埋针法：同压丸法。

【应用】①血压较高时降压沟放血可每日 2~3 次。

②血压持续高于正常，可用压穴法。

张颖清创生物全息律，疗病痛有第二掌骨穴

故事（讲）

有一次，我随团出国旅游，我们一行人正在一处风景名胜参观游览，突然一位女游客捂着肚子蹲在地上，眉头紧蹙，表情痛苦。见此情况，我便上前问她怎么不舒服。女游客说早餐吃得有点急，又喝了许多冷饮，现在胃里难受、疼痛，想吐。于是我就让她伸出左手，在她第二掌骨的中间部位找到一个压痛点，用拇指用力按压下去。片刻功夫，她的紧蹙的眉头就舒展开了，胃痛很快就缓解了。然后我告诉她，如果不舒服，就自己用手按压这个部位。就这样

她顺利走完了全程。这个神奇的穴位就是第二掌骨侧穴位的胃点。

第二掌骨侧穴位是一位叫张颖清的生物学教授发现的。张颖清年轻时就对祖国医学产生了浓厚的兴趣,特别是对神秘的人体经络与腧穴,更是有着深入探索的强烈欲望。1973 年 7 月,一个偶然的机会,张颖清在第二掌骨侧面近心端发现了一个与腿相关的敏感点(即穴位),当腿部有病时,这个点的痛阈降低,按摩或针刺这个点,就可以治疗腿部疾病,于是他把这个点命名为腿穴。后来他又在第二掌骨侧面发现了一系列与人体各部位相对应的穴位,这些穴位的分布规律与其所对应的人体部位恰相一致,第二掌骨就像一个微缩的人体,这些穴位就从头到脚地排列于上,这引发了他的深入思考与进一步探索。经过数年的观察、研究和实践,他发现了生物体的特殊现象,即生物全息律。1981 年他在《自然杂志》发表了《生物全息律》的论文,较为详细地介绍了他的研究成果。第二年他的一部学术著作《生物体结构的三定律》问世,这篇文章和这部著作标志着一个全新学科的诞生,这就是生物全息学。

生物全息学是我国的原创性科学发现和我国首创学科,生物全息学包括一系列理论学说和发现发明,在生物学和医学上都有重大意义。

👤 人物介绍

1947 年 3 月,张颖清出生于内蒙古乌兰察布一个普通职员家庭。1966 年他高中毕业时无法上大学,只好到农村插队;1969 年,他被抽调到乌兰察布日报社参加工作；1974 年，由于在学术研究方面的建树，他被调入乌兰察布盟科技情报研究所；1982 年，他从内蒙古广播电视大学理科专业毕业，终于圆了自己的大学梦。由于他在生物全息学理论的研究成果，山东大学于 1984 年将其揽入门下，几年时间便从助理研究员升为教授，1990 年任山东大学全息生物学研究所所长，同年被国家人事部批准为国家级有突出贡献的中青年专家。1991 年，他被国务院批准享受政府特殊津贴；1990 年，他在新加坡召开的第一届国际全息生物学大会上被选为国际全息生物学会终身主席。2004 年因病逝世。

针理 说

（一）为什么第二掌骨侧穴位能诊断治疗疾病？

要回答这个问题，首先要了解一下什么是生物全息律。

1. 生物全息律

生物有一个特性，就是生物体每个相对独立的部分都包含了整个生物体的病理、生理、生化、遗传、形态等全面的生物学信息，这与全息照片的特点很相似，所以科学家将生物的这一特性称为"生物全息律"，用通俗的话来说就是以小见大，见微知著。

全息照片是指用全息照相技术拍摄的照片。全息照相是将激光技术用于照相，在底片上记录下物体的全部光信息，而不像普通照相仅仅是记录物体的某一面投影。因此当底片上的物体重现时，在观看者的眼里会显得异常逼真，它产生的视觉效应，完全与观看实物时一模一样。全息照片有三个特性，一个是无论从任何角度都能看到所摄物体的各个部位的图像；第二个是以一斑而知全貌，就是从照片的任何一小片都能看到整个照片的内容；第三个特点是在一张全息底片上可以分层记录多幅全息照，而且在它们显示画面时不会互相干扰。

这么解释生物全息律有点抽象，就拿自然界的事物来举例说明吧。我们捡起掉落于树下的一片树叶，可以发现它的形状和这棵树的整体形状相像，如果这是一片叶柄长的树叶，我们可以看到，对应在这棵树的主干和大的枝条上，不长枝条和叶的区段明显加长；再来看

图 17-1　树叶与树的整体形状相像

图 17-2　桃树果实分布与桃的形状

水果，主要结于株顶或枝顶的水果，果物质在果的先端分布就多，果实为倒卵形，如鸭梨和无花果；而果实主要结于枝的中部，枝上部果实急剧减少的植物，果物质在果的先端也

图 17-3　斑马的斑纹

急剧减少，使得果实成为尖嘴大肚的形状，例如桃。形状是这样，外观表现也是这样。来看看斑马，斑马的躯干上有 9 条斑纹，其头、颈、前后四肢的各节肢也都大致有 9 条斑纹，不同的是斑纹的疏密程度有差异，这种情况在自然界中比比皆是。这就是生物全息律所展示的自然规律，是不是很神奇？

2. 为什么生物体会有生物全息律？

这个问题有点复杂，我们还是先从胚胎的形成开始说吧。我们知道，胎儿的形成是因为卵细胞受精之后出现有丝分裂、分化，逐渐形成胚胎，而由于 DNA 的存在，这个由卵细胞发育成的胚胎具有与母体相同的组织结构，同时这个胚胎也继承了母体的全部基因，这个机制我们称之为遗传。不仅是卵细胞，其他体细胞也同样具备这样的基因遗传特性，那么由体细胞构成的机体各个部分，也都包含着整个机体的特征。如第二掌骨就包含了人体整体各部位的生理病理信息，第二掌骨就像是整体的缩影或胚胎。不仅是第二掌骨，人体其他个体单位也都有类似的情况，张颖清将类似第二掌骨这样的个体单位称之为"全息胚"。生物全息律就是由全息胚的特性决定的。

全息胚不仅存在于动物界，同样也存在于植物界。从理论上讲，无论是动物的体细胞还是植物的体细胞，都具有潜在的发育成新整体的能力。这就是上面我们看到的植物个体和整体相关联的奇妙现象。

3. 生物全息律在第二掌骨侧是怎么体现的?

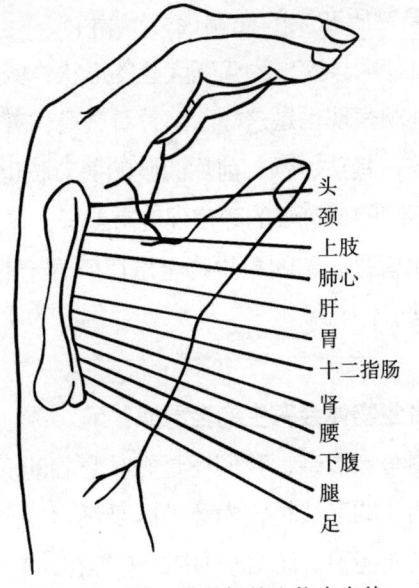

头
颈
上肢
肺心
肝
胃
十二指肠
肾
腰
下腹
腿
足

图 17-4　第二掌骨侧的生物全息律

第二掌骨作为人体的一个解剖结构，也是一个全息胚，自然符合生物全息律的特性。从解剖上看，整个掌骨恰象人体的躯干或脊柱，从掌骨远端即掌骨头后凹陷处开始，一直到腕部即掌骨基底部，依次分布有头、颈、上肢、肺心、肝、胃、十二指肠、肾、腰、下腹、腿、足共 12 个穴位，正好与人体从头到足的解剖结构相对应。与此同时，以上组织结构的信息也都反映在第二掌骨相对应的部位。

如果人体某个部位有病，就可以反映在第二掌骨侧相应的部位，比如说头部出现了问题，就有可能在掌骨远端的掌骨头出现异常感觉；如果膝关节有病，就有可能在第二掌骨侧的近端出现异常感觉。反过来看，如果第二掌骨侧面某个部位出现了疼痛或酸、胀、麻的感觉，就预示着与此部位相应的人体组织器官出问题了，我们就可以根据此提示对相应的组织器官做进一步检查，这样就提高了诊断疾病的针对性和速度。在治疗上，则可通过不同的工具与方法在第二掌骨侧的穴位进行刺激，如可以用针具或用手指按压相应部位，通常都会有立竿见影的效果。这种方法已经广泛用于内、外、妇、儿、骨伤、五官等多种疾病。

（二）生物全息律在哪些微针疗法中有体现？

1. 什么是微针疗法？

微针是相对于传统针灸疗法的体针而言的，这个"微"不是指针具规格微小，是说它不属于以十二经络、奇经八脉及其腧穴为作用点那样的针刺大系统，而是以人体的某一结构作为针刺对象，故称之为"微"。由于人体由许多结构组成，每一结构都具有全息性质，都是一个全息胚，故微针疗法包含一系列针法。

前面提到，生物全息律在人体上的体现无处不在，张颖清的论文《生物全息律》中除了第二掌骨侧穴位图外，还有一张"穴位全息律概图"，在这张图上，全身上下各个部位，都有着与第二掌骨侧穴位相类似的穴位排列，说明人体头颅、躯干和四肢任何一个部位都有着与全身整体部位相应的穴位群。除此之外，人体的许多器官也都有着与此类似的穴位群，如耳廓，头皮、手掌、足底、眼、鼻、面、舌、颈项等部位都有全身的信息存在，在这些部位我们都可以找到与全身组织器官相应的部位，称之为反应点，这些反应点就是穴位群，在这些穴位群针刺就称为微针疗法。

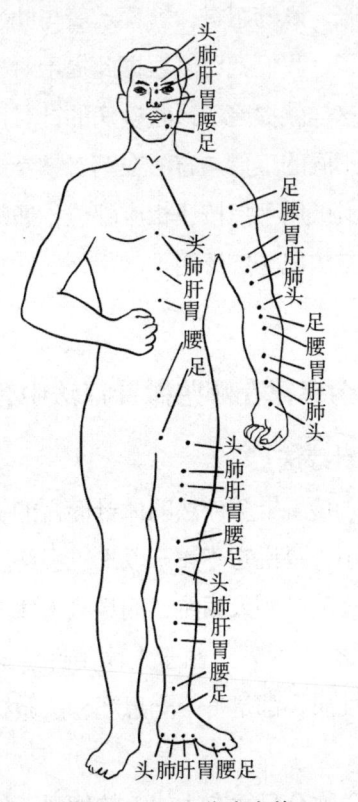

图 17-5　穴位全息律

2. 微针疗法有哪些?

我们上一个故事讲的是耳针，耳针就属于微针疗法，生物全息律在耳针上体现得非常明显。看看我们的耳廓，其形状是不是和妇女的子宫有相似之处? 耳廓上的解剖位置也与人体组织器官相应。人体某个组织器官有病就可以在相应的位置反映出来。除了耳针，还有其他一些微针疗法。

（1）头针疗法

头针是针刺头皮的刺激区（大脑皮层功能在头皮上的相应投射区），以治疗脑源性疾病为主的一种疗法。由山西焦顺发于1971年首先提出，后经过一些医家的改良创新，衍生出了不同流派。1984年5月在东京召开的世界卫生组织西太区针灸穴名标准化会议经过讨论，决定按照分区定经，经上选穴，并结合古代透刺穴位（一针透双穴或三穴）方法原则，制定了头针穴名标准化方案。

标准头穴线均位于头皮部位，按颅骨的解剖名称分额区、顶区、颞区、枕区4个区，14条标准线（左侧、右侧、中央共25条）。定位及主治如下。

①额中线

【部位】在头前部，从督脉神庭穴向前引一直线，长1寸。

【主治】癫病、精神失常、鼻病等。

②额旁1线

【部位】在头前部，从膀胱经眉冲穴向前引一直线，长1寸。

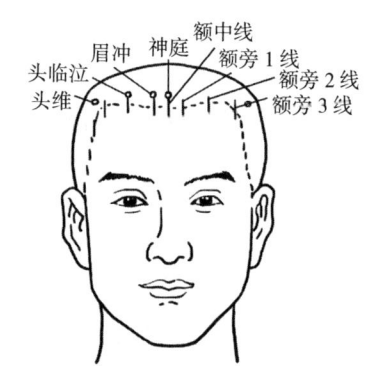

图17-6 头皮针标准化方案（1）

【主治】癫病、精神失常、鼻病等。

③额旁2线

【部位】在头前部，从胆经头临泣穴向前引一直线，长

1寸。

【主治】急慢性胃炎、胃及十二指肠溃疡、肝胆疾病等。

④额旁3线

【部位】在头前部，从胃经头维穴内侧0.75寸起向下引一直线，长1寸。

【主治】功能性子宫出血、阳痿、遗精、子宫脱垂、尿频、尿急等。

⑤顶中线

【部位】在头顶部，从督脉百会穴至前顶穴之段。

【主治】腰腿足病，如瘫痪、麻木、疼痛，以及皮层性多尿、脱肛、小儿夜尿、高血压、头顶痛等。

⑥顶颞前斜线

【部位】在头顶部，头侧部，从头部经外奇穴前神聪（百会前1寸）至颞部胆经悬厘引斜线。

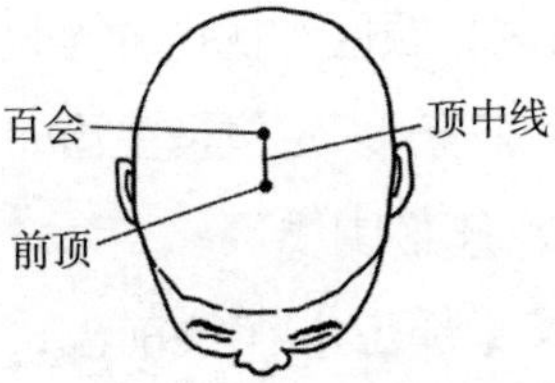

图 17-7　头皮针标准化方案（2）

【主治】全线分5等份，上1/5治疗对侧下肢和躯干瘫痪，中2/5治疗上肢瘫痪，下2/5治中枢性面瘫、运动性失语、流涎、脑动脉粥样硬化等。

⑦顶颞后斜线

【部位】在头顶部，头侧部，顶颞前斜线之后1寸，与其平行的线。从督脉百会至颞部胆经曲鬓穴引一斜线。

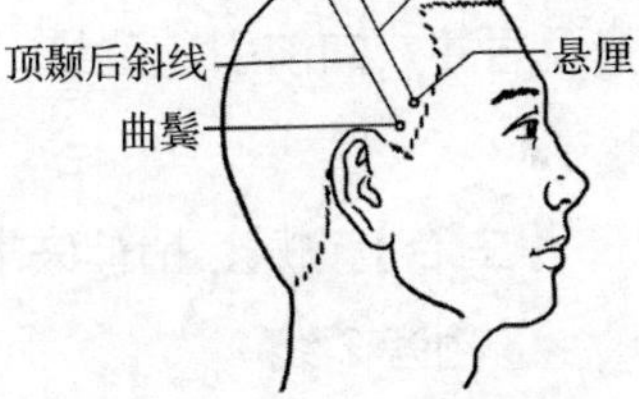

图 17-8　头皮针标准化方案（3）

【主治】全线分5等份，上1/5治疗对侧下肢和躯干感觉异常，中 2/5 治疗上肢感觉异常，下 2/5 治疗头面部感觉异常。

⑧顶旁 1 线

【部位】在头顶部，督脉旁 1.5 寸，从膀胱经通天穴向后引一直线，长1.5 寸。

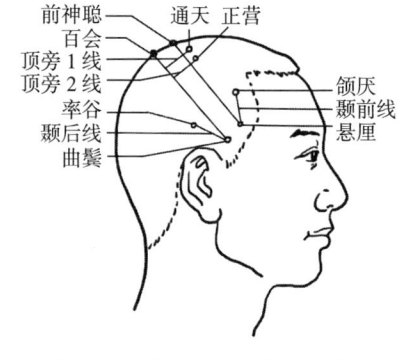

【主治】腰腿病症，如瘫痪、麻木、疼痛等。

⑨顶旁 2 线

图 17-9　头皮针标准化方案（4）

【部位】在头顶部，督脉旁开 2.25 寸，从胆经正营穴向后引一直线，长 1.5 寸。

【主治】肩、臂、手等病症，如瘫痪、麻木、疼痛等。

⑩颞前线

【部位】在头的颞部，从胆经颔厌穴至悬厘穴连一直线。

【主治】偏头痛、运动性失语、周围性面经神麻痹和口腔疾病。

⑪颞后线

【部位】在头的颞部，从胆经率谷穴向下至曲鬓穴连一直线。

【主治】偏头痛、耳鸣、耳聋、眩晕等。

⑫枕上正中线

【部位】在后头部，即督脉强间穴至脑户穴一段，

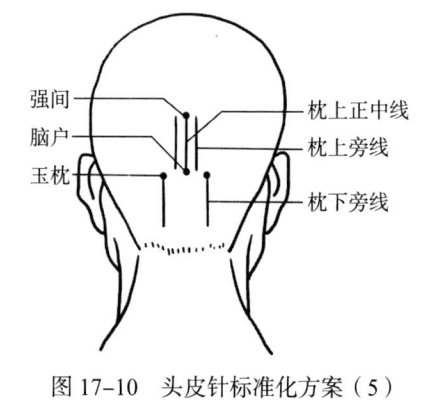

图 17-10　头皮针标准化方案（5）

长 1.5 寸。

【主治】眼病、足癣等。

⑬ 枕上旁线

【部位】在后头部，由枕外粗隆督脉脑户穴旁开 0.5 寸起，向上引一直线，长 1.5 寸。

【主治】皮层性视力障碍、白内障、近视等。

⑭ 枕下旁线

【部位】在后头部，从膀胱经玉枕穴向下引一直线，长 2 寸。

【主治】小脑疾病引起的平衡障碍、后头痛等。

头针的操作方法：按照病情刺激区，采用坐位或卧位，局部进行常规消毒；用 26~28 号、1.5~2 寸长的不锈钢毫针，针与头皮呈 15~30° 左右夹角，刺入帽状腱膜下；达到该区的应有长度后，固定不提插；捻转时用食指侧面与拇指掌侧面夹持针柄，以食指掌指关节连续伸屈，使针身左右旋转，每分钟捻转 200 次左右；捻转 2~3 分钟，留针 5~10 分钟。偏瘫患者要嘱咐其或家属协助活动肢体，加强患肢的功能锻炼。起针后用棉球按压针孔，以防止出血。瘫痪病人一般每日或隔日针 1 次，连续 10~15 次为 1 个疗程，休息 3~5 天后再开始下 1 个疗程。

（2）舌针疗法

再来看看舌针穴位，将舌面从舌尖到舌根分为三部分，分别对应人体的上、中、下三焦。人体脏腑器官依次排列，舌尖是心穴，舌尖两侧是肺穴，舌中是胃穴和小肠穴，胃穴两侧是脾穴，中部舌边是肝穴、胆穴，下焦区域包括肾穴、膀胱穴和大肠穴，舌根为阴穴。

舌针的治疗方是以细小的毫针刺激穴位，方法是患者伸舌，术者一手用纱布将舌体固定，一手快速将针刺入穴位，斜刺进针半寸左右。也可以用三棱针在选定的穴位上快速浅刺放血。

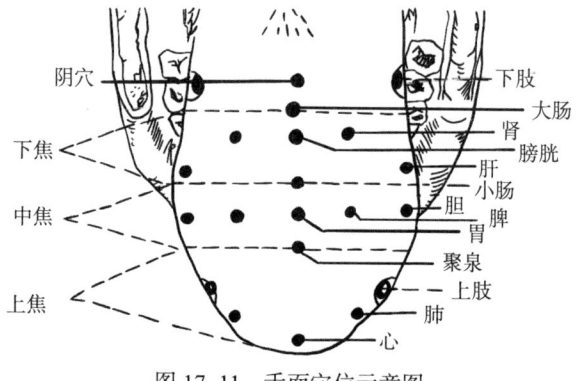

图 17-11　舌面穴位示意图

舌针疗法主要适用于舌体及肢体运动功能障碍的有关病症，如舌麻、舌体歪斜、舌强不语、口舌糜烂、口内异味感、肢体麻木、瘫痪、咽痛等；也适用于一些脏腑经络病症，如心血管病、高血压、肩周炎等。

（3）眼针疗法

眼针是著名中医彭静山教授根据自己多年的行医经验结合传统中医理论研究创立的。虽然理论依据不同，但也是生物全息律的反映：小小的眼周与人体脏腑组织器官相对应。

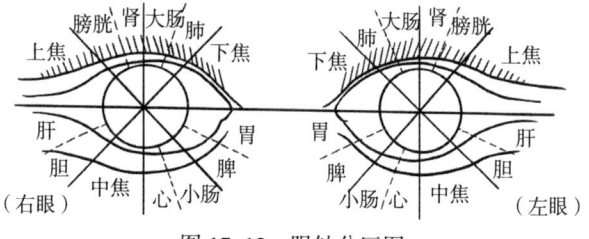

图 17-12　眼针分区图

眼针是这样分区的：两眼向前平视，经瞳孔中作一水平线并延伸过内外眦，再经瞳孔中心作一垂直线并延长过上下眼眶。这样把眼分为四个象限，再把每个象限划分为2个相等区，即成为4个象区、8个相等区。这8个相等区就是8个经区。左眼8区排列顺序是顺时针方向，右眼8区排列顺序是逆时针方向，但各区代表的脏腑则左右相同。1区为肺、大肠；2区为肾、膀胱；3区为上焦；4区为肝、胆；5区为中焦；6区为心、小肠；7区为脾、胃；8区为下焦。每区所占的范围，用时钟计算为90分钟。如左眼1区为10时30分至12时；右眼逆行，右眼5区为7时30分至6时，以此类推。其穴位则1、2、4、6、7区，每区各2个；3、5、8区，每区各1个，统称8区13穴。

眼针取穴有三种方法。

①循经取穴：即确诊病属于哪一经即取哪一经区穴位，或同时对症取几个经区。如咳喘属肺经病，就选1区。

②看眼取穴：看哪个经区络脉的形状、颜色最明显即取哪一经区穴。

③病位取穴：按上、中、下三焦划分的界限，病属哪焦就取哪个区。如头痛项强，不能举臂，胸痛等均针上焦区；胃痛、胀满、胁痛等针中焦区；脐水平以下，小腹、腰臀及下肢，生殖、泌尿系统疾病均针下焦区。

眼针一般常用的针刺方法有以下几种。

①点刺法：在选好的穴位上，一手按住眼睑，患者自然闭眼，在穴区轻轻点刺5~7次，以不出血为度。

②眶内刺法：在眶内紧靠眼眶眼区中心刺入。

③沿皮横刺法：应用在眶外，在选好的经区，找准经区界

限，向应刺的方向沿皮刺入，可刺入真皮达到皮下组织中，不可再深。眶外穴距眼眶边缘 2mm。每区的两穴不可超越各自的界限。

④双刺法：不论直刺、横刺，刺入一针之后可在针旁同一方向再刺入一针，能够加强疗效。

眼针多用于中风偏瘫，各种疼痛如神经性头痛、肋间神经痛、肩周炎、坐骨神经痛、痛经等。还可治疗胃脘痛、胆囊炎、十二指肠溃疡以及各种眼病。

（4）鼻针疗法

鼻针穴位分布于鼻梁周围，上至额部，下至鼻准，按照人体脏腑组织器官从上到下的顺序排列。

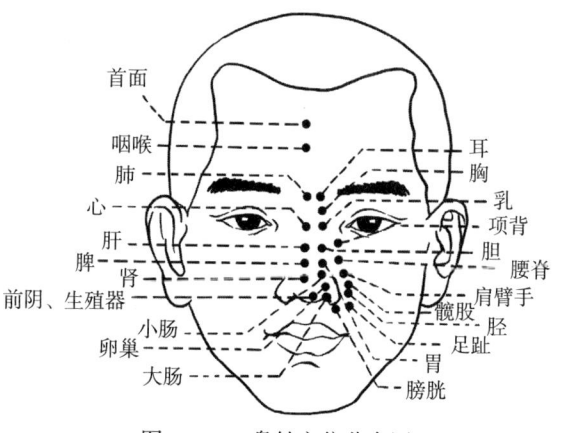

图 17-13　鼻针穴位分布图

鼻针穴位比较集中、致密，找寻有些困难，可先用毫针针柄在相应区域按压，或用穴位探测仪查找，如出现敏感反应点或压出小坑便是穴位，一般采用较细的毫针（直径 0.20~0.25mm），45° 角斜刺，浅刺，不可刺透鼻软骨。刺入后有较强烈的酸麻痛复合感觉，尤其是在行针时，患者出现流泪、打喷嚏，则效果更佳。留针时间由 5 分钟到 1 小时不等，以症状消失为度。留针期间每隔 5~10 分钟轻轻捻转一次，捻转角不得超过 15°。

鼻针疗法多用于治疗关节炎、神经痛、咳喘等病症。

除上述外，还有手针、面针、项针等其他微针疗法。这些方法虽然理论基础不一样，但都体现出了见微知著、以小见大的生物全息理论的原理。

朱汉章巧治手疾，小针刀开辟新径

故事讲

　　1976 年的一个春天，一位患者来到江苏省沭阳县沭城镇医院，他是来找一个叫做朱汉章的中医骨伤科医生看病的。患者是个老木匠，干活时不小心被斧头砸伤了手，虽未伤着骨头，但手面肿得老高，经过治疗，红肿消了，可手指却再也攥不拢、伸不直，无法干活。虽多方求医，片子拍了不少，骨头没有问题，但就是治不好。后来听说苏北有个"小神仙"叫朱汉章，医术了得，许多疑难杂症都能治好，于是便慕名前来求治。朱汉章看到患者那挛缩僵硬的手掌也犯了难，一时也没有合适的方法，于是他请

患者下次再来。患者走后他就查阅资料，看有没有治疗这个疾病的好方法，翻遍资料却一无所获。第二次患者来了，朱汉章握住他那僵硬的手好不为难，怎么办呢？总不能不治疗就让人家走吧？可是不走又有什么好办法呢？思索再三，他琢磨：既然骨头没有问题，那肯定是软组织的事儿，是不是牵动手指的肌腱等软组织粘连了呢？是不是将粘连松解开就能解决手指屈伸障碍的问题呢？他决定顺着这个思路尝试一下，于是他找来一支常用的9号注射器（直径0.9mm）针头，刺入患者受伤的手掌，患者顿时感到手掌火辣辣的，直喊酸胀。朱汉章继续用针头向左右两边剥弄。半分钟后，他拔出了针，将患者的手掌拉直，又合上。奇迹发生了，患者挛缩已久的手指居然松动了，可以慢慢伸展了。就这样，经过几次治疗，患者的手指居然屈伸自如了，又能操起斧头干活。困扰许久的关节粘连问题竟然由一支小小的注射针头解决了。

为什么注射针头能解决粘连挛缩的肌肉组织呢？因为注射针头直径较粗，针头是斜面的，且斜面的边缘较锋利，这样就有一定的铲、切、拨的作用，而普通针灸针和手术刀则不具备这样的功能。受到这次治疗的启发，朱汉章认为用闭合性手术的方法，可以替代西医的大松解术。于是，他将普通针灸针设计成了前端刀刃状，用以剥离粘连；后端安上扁平的柄，以便掌握刀刃运行的位置和方向；再将针身加粗，以方便发力。他把这个融中医针灸针与西医手术刀为一体的新型手术器械称为"小针刀"。后来经过反复实践，不断扩大应用范围，总结完善，形成了具有特殊治疗效果的"小针刀疗法"。小针刀疗法一经问世，便受到广大基层医务工作者的欢迎，其独特的针具、卓越的疗效、简单的操作、低廉的治疗费，使其在很短的时间内便得到了普及。40 余年来的发展，针刀疗法已经由基层走入大城市的医院和中医高校，成为一门学科——针刀医学。虽然朱汉章于 2006 年 10 月 6 日在传授针刀的讲台溘然长逝，但他发明的小针刀及其疗法已经在国内生根、开花、结果，不仅如此，它还走出国门，在国际上大放异彩。

针刀疗法的问世，为医学界开辟了一条新路。

👤 人物介绍

朱汉章（1949—2006 年），江苏省淮阴市（现宿迁市泗阳县）人。生前任北京中医药大学针刀医学教育研究中心主任、主任医师、教授；中国协和医科大学客座教授；中华中医药学会针刀医学分会理事长；世界中医药学会联合会针刀医学专业委员会主任委员等职。

朱汉章于 1976 年发明了中西医结合的新型针具"小针刀"，用于治疗慢性软组织损伤、骨科及骨关节疾病等疗效显著，经过 40 多年的发展完善，形成了独立的、比较完整的理论体系和比较完善的诊疗规范，治疗的适应证范围扩大到内科疾病、外科疾病、皮肤科疾病、五官科疾病、儿科疾病等。1986 年，朱汉章荣获"华佗金像奖"。1988 年，针刀疗法荣获了第三十七届尤里卡世界科技博览会金牌奖，朱汉章本人获"军官勋章"。2001 年元月，国际行星命名局以朱汉章命名了小犬座新发现的一颗小行星，朱氏成为了首位被该组织用于星座命名的中国医务工作者。著有《小针刀疗法》《膝关节外科学》《针刀临床诊断与治疗》《针刀医学原理》等。

针说理

（一）小针刀是怎样一种医疗器械

1. 小针刀是中西医结合的产物？

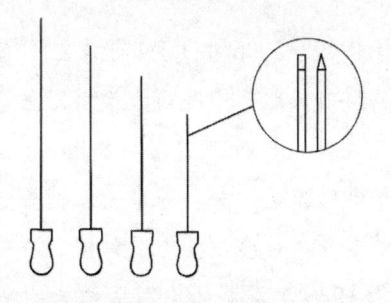

图 18-1　小针刀

小针刀是一项天才的发明，它将中国传统针灸针与现代手术刀结合，形成了一个全新的医疗器具。小针刀的结构包括三方面，针体、针刃和针柄。针体较普通针灸针要粗（直径0.4~1.2mm，常用的为 1mm），长度为 40~90mm 不等；针刃位于针体的顶端，如铲状，且锋利，便于切割；针柄为半圆形或葫芦扁平状，矢状面与针刃的矢状面方向一致，便于把握操作。因为它有很细的针身，所以能像针灸针一样顺利刺入体内并施行针刺手法，又因为它的顶端是刀刃，所以又能像手术刀一样在体内进行切割，这样的结构使得它在治疗运动系统、神经系统疾病中具有传统针灸针与现代外科手术不具备的优势。可以说小针刀疗法为临床提供了一种全新的治疗手段，打破了长期以来的治疗模式，带来了革命性的改变。

2. 小针刀带来的技术革命为何？

简单说来有如下几点。

（1）变不可治性疾病为可治性疾病。有些疾病由于其特殊的发病机制及临床表现，使得传统中医疗法和现代西医疗法均无有效的治疗方法，遂成不治之症。如强直性脊柱炎，其脊柱关节的病变针刺无能为力，外科手术也无法解决。而针刀则可以通过松解脊柱上的棘间韧带、横突间韧带、横突间肌以及骶棘肌等改善脊柱强直的症状。

（2）变难治性疾病为易治性疾病。有的疾病比较难治，即使手术开刀治疗效果也不理想，而针刀由于其特殊的构造及治疗观念，可以将难治性疾病变成易治性疾病。如神经根型颈椎病，由于椎间盘突出压迫臂丛神经，造成患者颈项及肩臂手的麻、痛、凉感等。以往要想根治必须手术治疗，而由于颈项部的特殊位置，手术难度较大，也容易出现并发症或后遗症，因此是难治性疾病。而针刀治疗此病则简单得多，只要将颈椎周围的软组织充分松解，就可以解除臂丛神经的压迫，再通过后期的牵引，很轻易地就可以解除痛苦。

（3）变开放性手术为闭合性手术。我们知道，许多疾病都需要外科手术治疗，既然是手术治疗，就一定是开放性的。虽然现在出现了许多微创疗法如各种孔镜手术，但也要给孔镜开出通道。由于开放性手术需要切开皮肤肌肉组织，手术后要缝合创口，所以会造成一些副作用或后遗症，给后期的康复带来麻烦。如腰椎间盘突出症，传统的外科手术需要切开肌肉组织，摘除突出的椎间盘，钢板钢钉内固定后再缝合，后期复发或后遗症不少。而针刀治疗不需切开组织，只需将针刀刺入治疗部位，通过刀刃的切割松解，解除椎间盘对坐骨神经的压迫即可出针，只有一个针眼，创可贴覆盖便可完成治疗。

3. 小针刀疗法的优点有哪些？

（1）疗效好。对于一些传统针刺疗效不好、需要外科手术治疗的顽固性疾病，针刀可以在不开刀的情况下取得很好疗效，如颈椎病、腰椎病、膝关节骨性关节炎、腱鞘炎、网球肘等。以临床常见的腱鞘炎为例，重度的腱鞘炎手指屈伸不能，针刺、按摩、药物、封闭等均无济于事，针刀治疗一般一次即可痊愈，且不会复发。再如由足跖腱膜牵拉引起的足跟痛，中西医均无特效疗法，针刀则可以一次性解决问题。

（2）易操作。由于针刀疗法不需要复杂的术式，不需要缝合，因此比较容易操作。只要熟悉解剖、掌握针刀基本手法，就可以动手操作。当然手法的娴熟、水平的高低因人而异，但基本操作较西医手术要简单得多。

（3）痛苦小。一些过去需要外科手术治疗的疾病如重度颈椎病、腰椎间盘突出症、椎管狭窄、重度腱鞘炎、腕管综合征等，由于针刀疗法的问世，许多已经不需要开刀动手术了，这样就大大减轻了患者的痛苦。另外由手术造成的后遗症也因此不复存在。

（4）开展方便。由于工具简单，操作是在非直视下进行，无需专业麻醉师配合，也不需要高标准的手术室，所以治疗环境相对简单，适合基层开展。

（5）花费少。相对于西医外科手术的高昂费用，针刀疗法的费用十分低廉，投入产出比很高，从卫生经济学角度来说，针刀疗法是最经济高效的方法。

（二）小针刀的临床应用

1. 小针刀都能治疗什么病？

针刀的特殊结构，使其既有针的作用，又有刀的作用，所以针刺能治疗的疾病针刀几乎都能治，特别是运动系统疾病，可取得针刺达不到的特殊治疗效果。针刀可以治疗以下疾病。

（1）运动系统疾病：如颈椎病、肩周炎、网球肘、腱鞘炎、腕管综合征、胸肋关节炎、腰椎间盘突出症、腰椎管狭窄、第三腰突综合征、股骨头坏死、强直性脊柱炎、膝关节骨性关节炎、髌韧带钙化、髌下脂肪垫炎、踝关节扭伤、足跟痛等。

（2）神经系统疾病：如枕大神经痛、神经血管性头痛、三叉神经痛、肋间神经痛、坐骨神经痛、带状疱疹后遗神经痛、脑瘫后遗症、中风后遗症、痉挛性斜颈等。

（3）内妇科杂病：心律不齐、哮喘、咽喉炎、支气管炎、糖尿病、胃炎、胃肠功能紊乱、遗尿、尿频、便秘、痛经、月经不调等。

2. 什么情况下不适合做小针刀？

小针刀疗法可以广泛应用于各科临床，但也有一些禁忌证。

（1）凡一切有发热症状的患者。外感发热的患者应当先治疗感冒，因为外感发热说明机体抵抗力较弱，而针刀疗法刺激性较强，患者不易耐受。而不明原因的发热更不可用针刀治疗，以免贻误病情。

（2）一切严重内脏病发作期。内脏疾病发作期一般病情较重，特别是心脏病、肾病、肝病等，即使有针刀疗法的适应证也不可轻易使用，贸然使用很可能加重病情。

（3）施术部位有皮肤感染或肌肉坏死者。在这些部位施术很可能加重病情，特别是肌肉坏死的部位，更不能施术。

（4）施术部位有红肿、灼热，或有深部的脓肿者。红肿、灼热或深部脓肿说明有较重的炎症，比如痛风性关节炎、丹毒、痈疖等，在这些部位施术有可能使炎症扩散，加重病情。

（5）患有血友病者或有其他出血倾向者。针刀施术容易造成大面积出血。

（6）施术部位有重要神经、血管，或重要脏器而施术时无法避开者。无法避开说明此处施术有伤及神经、血管或重要脏器的危险。

（7）体质极度虚弱者。由于针刀刺激比较强烈，体质极度虚弱者可能因无法承受而发生危险，故不可使用针刀。

（8）血压较高且情绪激动者。血压较高者可因针刀的刺激出现脑出血或高血压危象，情绪激动者则会因恐惧、躁动而在施术时发生意外。

有以上情况之一，即使有小针刀疗法的适应指征，也不可施行小针刀手术。

（三）小针刀治病的机制是什么？

这个问题比较复杂，不是一两句话可以说清楚的。简单来说有如下几点，

1. 调节力平衡

人体之所以能够正常进行功能活动，是因为人体的组织器官处于相对平衡的状态，人体组织器官都有正常的内应力，以抵抗外界的各种压力，当人体的内应力能够抵抗外应力时，表

现为正常的生理状态。而一但机体的内应力不能抗衡外界的压力，人体就处于失衡的状态，临床上就表现为各种症状。如当膝关节不能承受外界的压力时，关节软骨就会受到损伤，出现疼痛，甚者导致关节畸形。再如腰椎间盘突出症，正常情况下，椎间盘的内外压力是平衡的，由于椎间盘组织的退化，长期劳累、负重或腰部肌肉长期的静力性损伤，造成椎间盘内压力增大，髓核膨出、突出甚至脱出，进而压迫周围的神经、血管而产生疼痛。针刀可以通过松解关节周围的软组织来减轻外应力，使关节内外力平衡得到恢复，从而取得治疗效果。

2. 松解卡压

由于针刀具有手术刀的性质，所以能对一些由于组织卡压造成的疾病病灶进行松解。如枕大神经卡压，针刀可以通过切割松解枕大神经出口处的软组织解除卡压；对于拇指屈肌腱鞘炎，针刀可以通过切割松解狭窄的腱鞘，解除对拇长屈肌腱的卡压。而普通针刺则没有这个作用。

3. 破坏性重建

对于一些增生、瘢痕、挛缩病变，通过针刀的有限性创伤，可以打通病灶与周围正常组织的血液通道，改善病灶局部的血液循环，利用创伤修复机制，使病灶变为正常组织。如手术后的瘢痕、注射后的臀肌挛缩、大椎处隆起的"扁担疙瘩（富贵包）"等，都可以通过这种机制得到修复。

（四）怎样才能学好小针刀？

1. 熟悉解剖

由于针刀结构特殊，针刃只有 1mm 左右，其作用点比较小，而所有操作都是在非直视下进行，所以要求使用者必须有深厚扎实的解剖知识，这种解剖知识不是大体解剖，而是精细解剖。因为针刀治疗要直捣病灶，不容有失，唯有如此才能体现出针刀的优势。以肱二头肌短头肌腱炎为例，肱二头肌短头肌腱的起点位于喙突的外下方，而喙突是多个肌肉肌腱结构及韧带结构的附着部位，分别是外上方的喙肩韧带、上方的喙锁韧带、喙肱韧带、内下方的胸小肌、外下方的喙肱肌和肱二头肌短头腱。针刀治疗时首先要将针刀进针在喙突上，然后要在喙突的外下方肱二头肌短头腱附着处行切割手法，只有掌握了喙突的精细解剖，才能准确地在喙突上操作。掌握了解剖粘连结构，针刀操作便可如庖丁解牛，挥刃而肯綮无碍。

2.练习刀法

施行小针刀刀法的目的是解除、消除疤痕、松解紧张的肌肉肌腱等，主要操作手法有切割和挑拨。切割是刀的作用，挑拨是针的作用，切割要掌握方向、角度、深度。方向是要使针刀朝向需要松解的部位，以喙突为例，喙突上有多个组织附着，内下有胸小肌，外下有喙肱肌、肱二头肌短头腱，外侧有喙肩韧带，上有喙锁韧带等，如想要松解肱二头肌短头腱，则针刀到达喙突后方向要向外斜下方；如果想松解胸小肌，则针刀要朝向内下方。进针的角度也有讲究，有竖切、横切的不同。要根据具体情况灵活使用，比如腰椎间盘突出症松解横突间肌，要用竖切，针身垂直于体表，在横突的上下缘垂直切割。治疗桡骨茎突腱鞘炎则需要将针身放平，刀口线与桡骨茎突骨面垂直，沿着骨面进针，横切伸肌支持带。进针的深浅也要根据病情的需要选择，如要松解横突间肌，那么进针后深度要到达横突骨面；如果只是松解竖脊肌，则针刀不必到达骨面，到达肌层即可。

3. 明确诊断

这是非常重要的一点，因为相对于普通针灸来说，针刀的刺激性较强，破坏性也较大，如果诊断不明，非但治疗无效，还有可能会给患者造成新的损伤。所以针刀界强调"无诊断，无治疗"。这个诊断不能是大体诊断或模糊诊断，不能笼统说肩痛症、膝痛症、腰痛症等，应具体到是什么原因造成的肩痛，是肩袖损伤（还要区分是冈上肌、冈下肌、小圆肌或肩胛下肌）、肱二头肌损伤（还要区分是长头腱还是短头腱）还是三角肌损伤。膝痛也要分清是股四头肌腱损伤、髌韧带损伤、髌骨软化症、还是内外侧副韧带损伤等等。这对于初学者来说有点难，但必须掌握。